这辈子我要活得酣畅淋漓

卢一桐
LUYITONG
作品

时代出版传媒股份有限公司
北京时代华文书局

图书在版编目（CIP）数据

这辈子我要活得酣畅淋漓 / 卢一桐著. —北京：北京时代华文书局，2016.1（2016.9重印）
ISBN 978-7-5699-0772-8

Ⅰ.①这… Ⅱ.①卢… Ⅲ.①散文集—中国—当代 Ⅳ.①I267

中国版本图书馆CIP数据核字（2016）第020336号

这辈子我要活得酣畅淋漓

著　　者 | 卢一桐

出 版 人 | 杨红卫
选题策划 | 花　火
责任编辑 | 李凤琴
装帧设计 | 荆棘设计
责任印制 | 刘　银　王　洋

出版发行 | 时代出版传媒股份有限公司　http://www.press-mart.com
北 京 时 代 华 文 书 局　http://www.bjsdsj.com.cn
北京市东城区安定门外大街136号皇城国际大厦A座8楼
邮编：100011　电话：010-64267955　64267677

印　　刷 | 北京中振源印务有限公司　010-89579026
（如发现印装质量问题，请与印刷厂联系调换）

开　　本 | 880×1230mm　1/32
印　　张 | 8.5
字　　数 | 186千字
版　　次 | 2016年3月第1版　2016年9月第2次印刷
书　　号 | ISBN 978-7-5699-0772-8

定　　价 | 35.00元

人生中最美好的事就是做自己喜欢做的事

相信我们的周围不乏这样的人，他们吐槽工作，吐槽公司，吐槽当下生活的种种不如意，听他们的言谈之间，感觉到这个世界种种的不如意仿佛都降临在他一个人身上。但是，换个角度来看，他们不喜欢这份工作、这种关系、这个人、这种生活状态，正是因为心里不喜欢，所以才有了很多不喜欢的理由。

既然不开心，为什么不放弃？既然不喜欢，为什么不离开？反而选择每天被这些负面情绪包裹住自己，不仅让自己看起来很可悲，更吓跑了周围的人——有谁愿意日日面对一个悲苦面孔的人呢？

这辈子
我要活得
酣畅淋漓

一个人一辈子做自己不喜欢做的事是最大的悲哀，把生命中大部分时间奉献给了痛苦与无奈并不是一件值得炫耀的事情。相反，那些坚持做自己喜欢的事情，虽然历经波折和绝望，却依旧不改初心，这样的人才是最幸福的人，也是最有可能成功的人。

我想到数年前，一个政府机关的朋友突然说要辞职。在我们这些人眼里看来，工作不累，薪水不低，除非脑子出现了问题。而且，他的年纪并不小了，如果日后的生活不顺利，那对于他的打击将会是非常致命的。所以，很多朋友都苦口婆心地劝他不要鲁莽行事。然而，他却说："我已经做了将近十年的公务员了，才发现这并不是我想要的人生。我想做自己喜欢做的事情。"最终，他选择了离开。

多年后，我见到了他，他已经成立了自己的公司，身价也早已过亿。我说："真佩服你当时的决断。"他却笑了笑，很平静地说："我只是想做自己喜欢做的事情而已。"

现在想来确实如此。成功需要全力以赴，全力以赴需要你对它有着极大的热情与兴趣，在这个过程中，你一定会遇到各种艰难险阻，如果你现在做的事情、事业，并不是你的兴趣，你不喜爱，是很难坚持到底的。只有做自己喜欢的事情，才能全力以赴，才能得到和享受真正的幸福。

史蒂夫·乔布斯在斯坦福大学的毕业典礼演讲中，说了这么一段非常精彩的话："你的时间有限，所以不要将其浪费在别人的阴影之中。不要让他人的意见淹没了你自己内心的声音。"所以，去做自己喜欢做的事情吧。不要让任何其他人决定你的未来。如果你不幸福，请继续寻找。

写在这本书的前面，我是希望各位朋友都不要放弃自己最初的梦想或自己喜欢做的事情，其实，成功并不像你想的那么难，生活也并不没有那么不如意。如果你并不满意你当下的生活状态，请细细想一想，你是不是被生活磨掉了斗志，磨掉了初心。人生只有一次，我殷切希望各位朋友都找到自己满意的幸福生活，能够任性地去做自己喜欢的事情，成为人生真正的赢家。

谨以此书献给对生活充满期待的朋友们。

卢一桐

2016 年 1 月 6 日于北京

目录 Contents

第一章

我们如此努力，不只为过上安稳的生活

第二章

没有什么能够阻挡，你对幸福的向往

这辈子
我要活得
酣畅淋漓

第三章

为什么你总是不愿意说“不”

第四章

谢谢那些离你而去的

第五章

不去试试看，怎么知道不可以

第六章

别人帽子的尺寸，不一定适合你

这辈子
我要活得
酣畅淋漓

第七章

勇敢走吧，别期待了

第一章

我们如此努力，不只为过上安稳的生活

不如我们给自己一次机会

晓甜的父母去世之后，我们便失去了联系。后来我得知，她的父母是因为坐飞机出国去参加她的毕业典礼才出事的。

工作几年之后，我从一个朋友那里得到了她的联系方式。通过电话我才知道，她人在非洲。

我问她：“你去那里干什么，太阳那么大，生活那么苦。”

她却淡淡地说：“回国见面后我们再详聊。”

这次对话结束半年之后，我才见到她。她真的晒黑了不少，笑容灿烂，一口洁白整齐的牙齿，简直可以去代言牙膏广告。

她同我拥抱，身上还带着非洲太阳的火热。她看起来很快乐，好像从来没见她笑得这样开心过。

我问她：“你现在过得很快乐？”

她说：“我看起来是不是太开心了点儿？”

我说："看见你高兴，我觉得放心了。"

她说："前几年，我真的完全没有开心快乐的事情。"

我说："那时我们都担心你会垮掉。"

她笑着说："我自己一度也非常伤心绝望，觉得上天待我不公。"

这时我才知道，原来她曾回国工作过一段时间，因为心情低落，一直没有联系原来的同学。后来她的外公外婆又相继去世，她不想待在熟悉的地方睹物思人，便向公司提出申请，去了海外办事处。

办事处在非洲，公司有同事劝她："那个地方又热又闷，不适合你们女孩子。"

可是，晓甜还是执意要去，她那个时候只想找个地方，逃避眼前的一切。我想，谁遇到这样的事情，心情都难免会抑郁难耐，不知道她是如何熬过来的。

她说："你知道，去了那里之后，几乎每天都是大太阳。满身汗水，忘记了冷的感觉。"

身体忘记了，心也会忘记吗？晓甜诉说自己的疗伤过程，她说每当夕阳西下，夜幕降临，她就会感觉到痛苦、失落。半夜睡不着，便仰头看星星。

她说："夜幕低垂，星星闪闪发光，仿佛触手可及。"

她忍不住画下这一切，被一个同事看见。

同事说："我正好在一个村子教孩子们读书，不如你也加入吧。"

晓甜就这样跟着同事去了那个村落，孩子们单纯天真，对她没有丝毫设防。她为他们带去画笔，教他们画画，唱英文歌曲。这样日复一日，除去工作，去见孩子们便是她最高兴的事情。

孩子们画好一幅画，学会一首歌，对她都是一种治愈。她成了孩子们最喜欢的人，也成了他们的支柱和依靠。

那个时候起，她就不再回国。除非真的必要，她一般都是待在非洲，和孩子们在一起。过了一段时间，她干脆辞去工作，拿出父母留给自己的遗产，成立了一个基金会，帮助全世界有梦想的孩子实现艺术梦想。

她和我说起现在的工作，说起非洲的朝阳，说起每天都是一个新的开始，每天都有很多的希望，当然也会有一些失望。

“可是，桐桐，我还是觉得很快乐。就像咱们年少时，一起去玩、去学画画一样。总觉得有很多的可能，有很多自己能做的事情。”她笑着说。

我想她已经走出了阴霾，那样热烈的天气不但温暖了她的身体，也温暖了她的心。她找了这样一个热气蒸腾的地方疗伤，大约就是想给自己一个机会，从中寻找到走出伤痛的可能。还好，皇天不负有心人，她真的走了出来。靠着自己的努力，还找到了人生新的方向。

人这一生真的不容易，要经历很多伤痛、迷失，只是很多人在经历伤痛时，会一蹶不振，会迷失自己，会从此被打倒，再也不想站起来，或者是停留在原地，徘徊不前。可是，也有人在伤痛面前不肯屈服，哪怕匍匐向前，也不肯停留在原地顾影自怜。

就像我的朋友晓甜，一开始时，她也并不知道自己是否能够战胜伤痛，但她还是愿意努力，让生命走出寒冷，褪去暗淡，变得光彩夺目，痛快淋漓。

什么样的生活才是你喜欢的

认识艾小宝是因为他的那家咖啡店，咖啡店离我家不远，闹中取静，而且有很多书可以看。我常常坐在那里，一坐就是一下午。艾小宝常常过来和我打招呼，让我尝试各种各样的咖啡。

我说：“你知道我来这里也不是喝咖啡的，我是来看书写稿子的。干吗总是给我推销你的咖啡啊？”

艾小宝笑嘻嘻地说：“我不是给你推销咖啡，我只是让你尝试看看。尝试一下，总是没有错吧。你放心，如果你觉得不好喝，我分文不取。”

这样好的咖啡店，这样热情的老板，我也不好意思拒绝。艾小宝推荐的咖啡，我都会试着去喝几口看看。也真是感谢他，让我弄清楚，比起卡布奇诺，我还是更爱烘焙类的咖啡。

有一段时间，我总是在晚上才去咖啡店。艾小宝不在店里，只有一个女孩在看店。店里的客人不多，三三两两坐在那里，有人在看书，有人在轻声交谈。

我问女孩："艾小宝不在吗？"

女孩笑笑说："他去上班了。"

我不明所以地看着女孩，只听她说："我是他妹妹，他穷得请不起店员，只能我来看店。"

我们正在交谈，看到艾小宝进了咖啡店，他看起来很疲倦，但是还是微笑着和几个熟悉的客人打招呼。直到这个时候，我才明白，原来我一直误会了艾小宝。

我以为，在这样的闹市拥有这样一家精致的咖啡店，老板要么是富二代，要么是退隐江湖的多金者。我只是没有想到，这只是一个咖啡爱好者通过自己的努力，一步步积累资金，开出来的一家小店。

艾小宝坐下来，喝一口咖啡，舒展身体说："好了，灵魂终于回归身体。"

我问他："这么好的店，这么贵的房租，这么多的咖啡和书，客人却并不多，你真的是为了赚钱才开得这家咖啡店吗？"

他说："咖啡店开了三个多月，刚刚才有盈利，前面一段时间，一直在赔本。"

我想起很长一段时间里，他其实不怎么在店里。一般情况下，只有他的妹妹一边磨咖啡一边看店。

艾小宝说："咖啡店的一砖一瓦，都是我辛苦赚来的，不能看它因为赔钱经营不下去。"

他说起自己想要开咖啡店的事情，原来早在大学时他就开始筹备了。

他说："那个时候，别人花钱和女朋友看电影吃饭，花前月下，我却在拼命赚钱，而且精打细算地省下每一分钱。没有一个女孩子会理会我这样的人。不过那个时候也来不及多想，因为一天打三份工，家教、便利店还有修汽车。想想那个时候，真是能吃苦。为了攒钱，一天吃一块饼干的事情也是常有的。”

他说得云淡风轻，好像在说别人的事情一样。

我说：“别人活得那么快乐，你却把自己弄得苦哈哈，心里不觉得委屈，没想过要放弃吗？”

他摇摇头说：“这个倒真是没想过，只是觉得自己追求的东西，再苦再累，也要坚持下来。”

他自己在大学学的专业是设计，为了筹备咖啡店，他还画过无数个自己不喜欢的设计稿。不是他的理念，不是他的审美标准，即使是他喜欢的专业，他也没办法勉强自己。

他说：“后来，我又去考了心理咨询师资格证。”

他进了师兄开的心理诊所,一边学习,一边继续筹备咖啡店的事情。

他说：“我真是要感谢咖啡，多少个日夜，它们陪着我度过。如果没有它们，我无法画设计图，无法看艰难晦涩的心理学书籍。还有，我无法精神饱满地去做那些兼职。”

现在，历经千辛万苦，咖啡店终于如愿以偿地开起来了。可是，却不景气。为了咖啡店能继续经营下去，他不得不努力继续赚钱，以维持咖啡店的日常开销。

我心里忽然替艾小宝觉得不值得起来，我想爱咖啡的人，难道一定要开一家店吗？难道一定要为自己的爱好，做出如此大的牺牲吗？如此起早贪黑地养着这家店，真的是一件辛苦的事情。

艾小宝却摇摇头说：“我觉得自己挺快乐的。也许别人觉得辛苦，觉得累，可是，我却觉得很放松。”

他现在继续做着心理咨询师的工作，虽然每天要承受很多的负面情绪，但是一想到咖啡店可以正常营业，他便会从心里高兴起来。

他说：“没关系，为自己喜欢的生活吃一点苦，总是值得的。”

原来，还有这样曲折的经历，原来事情并不像我想的那般光鲜亮丽。我想，原来是我一直狭隘，只看事情表面。在生活的滚滚洪流中，本来就有无数个像艾小宝这样的年轻人。他们充满阳光，朝气蓬勃，为了自己想要的生活不断努力。

我问艾小宝：“你如何让自己发奋图强，不断进取？”

他笑起来，说：“只要你足够热爱生活，并足够喜欢你自己做的事情就行。当然，有的时候，也需要拼尽全力。”

足够爱是有多爱才可以呢？我想，我并不是不爱，我只是一直缺乏勇气。努力追求自己想要的生活，努力让自己的生活精彩起来，真的不是一件简单的事情。可是，这么不简单的事情，也有人慢慢努力做成了。

这个世界，通往理想生活的路，本来就是崎岖不平，充满各种艰难险阻的，可是，有无数个艾小宝，毅然决然地走了出去。他们让我明白了，什么才是痛快追梦，勇敢生活！

即使找不到那个匹配的人

我的朋友尤小姐，在大学毕业之前就宣布，25岁之前，请我们准备好份子钱，因为她一定会把自己嫁掉。她25岁生日那天，朋友老花不识抬举地问了一句："尤小姐，我的份子钱都要发霉长毛了，你何时结婚呐！"

根本就是欠揍！哪壶不开提哪壶的结果，就是差点被尤小姐骂得找不到北。

我不忍心提醒他一句："老花，你不知道吗，尤小姐已经和男友分手一年了。"

"分手，为什么？他们不是爱得要死要活的吗？"老花一脸吃惊。

爱得要死要活也抵不过金钱和美貌的双重诱惑。尤小姐的前任男友算是青年才俊，分手那天他明确告诉她，需要找一个与自己身份匹配的妻子。

“那是个富家千金，长得也漂亮。要是你，你也会这么选择吧。”我看着老花问。

“我为什么会这么选择，我又不是那个人渣。”老花一脸不屑。

因为分手和现实的双重打击，尤小姐有些萎靡不振。我建议老花找找身边的朋友，给尤小姐介绍一个靠谱的男朋友。

老花是 IT 男，身边除了程序员就是程序员。于是，尤小姐就去和程序员相亲。后来，我问她结果，她说：“我真的不是不想谈恋爱，只是我们实在不合适。”

之后，也陆续有几个同学帮她介绍男朋友。尤小姐相亲的次数多了，渐渐在穿衣化妆上有了心得。我们有一次约了吃饭，她坐到我面前时，我简直大吃一惊。她梳了简单的发髻，化了淡妆，眼睛和嘴唇修饰得尤其漂亮。穿着简约休闲又不失品味的衣服，脚下踩着一双式样别致的半高跟凉鞋。

我只能张大嘴巴，叫一声：“哇哦！”

“你是相亲完了，顺道过来和我吃饭吗？”我问她。

“怎么，和你吃饭，我就不能打扮一下啊。我现在即使出门逛超市，也不会像以前那样，只穿个 T 恤短裤就去了。”尤小姐喝了一口咖啡。

打扮得这样好看，为什么相亲总是无果？这是我最大的疑问。又或者说，不相亲的话，打扮成这样是给谁看呢？

“你怎么跟我妈一个样儿？她看我化妆时，总要唠叨两句，整天化呀化的，也没见你正经找个男朋友。我化妆难道只是为了给男朋友看吗，我自己看不行吗？”

“那不是太自恋了吗？”

尤小姐笑起来："我待在家里的时候，可是不会化的。"

我疑心这是尤小姐失恋带来的阴影，因为前男友找了一个漂亮的女朋友。她依然还没有走出那段失败感情的阴影。

我问她："现在还和前男友有联系吗？"

她放下咖啡杯摇了摇头，说："当然不会联系啦，人家去做乘龙快婿，我不能挡人家的金光大道。"

语气虽然戏谑，但还是露出了几分难过。

"男人有的是，何必为了一个人渣难过。不是有这样一句话吗，'年轻时，谁没有爱过几个人渣。'"我劝慰尤小姐。

她笑起来，点点头说："真的，爱过人渣以后，才知道爱自己有多么重要。"

那份爱，尤小姐如今说起来，都是轻描淡写。大学的时候，我们都知道，她为了给男友买考研的资料，报考研班，她放弃了一件漂亮的羽绒服和一双暖和的靴子。走在冰天雪地的校园里，因为那份爱的灼热，整个寒冬她都不觉得冷。

她的前男友特别努力，什么事情都希望做在人家前面。但是家境困难，额外的开销，诸如考驾照、托福、计算机等级等此类的费用，只能自己想办法。尤小姐为了给男友提供资金，也没少饿肚子。寒暑假去打工，总是少不了她一个。

后来呢……我叹一口气说："后来，我们都败给了现实。"

尤小姐却笑着摇摇头说："并不是，只有经历了一些现实，我们才能看清楚另外一些现实。"

"另外一些现实是什么？"我问她。

"是爱自己真的很重要。一个连自己都不爱的人，又怎么去爱别人？又如何去得到别人的爱？我想想，觉得这是他离开我，给我带来的最大收获。每个人都应该对生活有追求，女人的宿命也并不是只有结婚生子，过一份安稳的日子。如果我们自己连过好一份生活的能力都没有，结婚又有什么意义？”

我看着认真说话的尤小姐，想起那个词“哀兵必胜”。面对恋爱，尤小姐也许是个失败者。但是，面对生活，她却是个强者，甚至是个胜利者。

我问她：“如果现在你再爱上一个男人，但是必须放弃现在拥有的一切，你愿不愿意？”

尤小姐笑起来说：“桐桐，我已经不是 18 岁的小姑娘。”

停了一会，她又说：“虽然我不会放弃所有，但是如果是真爱，我还是会妥协一些东西。不过，我现在认为，我首先更应该做的是好好爱自己。”

我想起弗吉尼亚·伍尔夫的那句话：“要直面人生，永远直面；了解它的真谛，永远了解；爱它的本质，然后放弃它。”

对于现在的尤小姐来说，即使找不到一个匹配的人在一起，她也会好好地生活下去。因为，她已经找到了生活的意义。

你来一趟人间，要看看太阳

中学时，我读《挪威森林》，对“敢死队”这个人物的印象尤其深刻。哪有人能十年如一日坚持每天六点起来做早操，一个星期换一次床单的？我简直不敢想象。我身边的人，包括我自己，好像从来没有一个人会做长远的计划。那时，我们唯一的计划就是好好学习，考上一所还不错的大学，好对父母有个交代。

后来，我在大学里遇到了陈泰宁。中文系那么大，可以聊天的人却不多。有一次，我和另外两个同学因为系里刊物的事情，坐在一起想选题。

我们文思枯竭，不知道从哪里下手。校广播站的喇叭里正在播伍佰的《挪威森林》，我不知怎么想起“敢死队”这个人来。然后我们就开始讨论这些强迫症，想着要不要做一期关于强迫症的选题。

但是，作为文科生来说，患强迫症的人，真心不是太多。大家都爱自由，目标都是读万卷书，行万里路。结果发现，万卷书读不到万分之一，万里路更是迟迟迈不出第一步。真的需要一点强迫症的精神！

这时，忽然有人说："我们寝室那个陈泰宁，简直就是强迫症的典型。"

此人介绍了陈泰宁的种种"劣迹"，比如，喜欢睡在靠窗的位置；袜子一定要穿白色的；春夏两季只穿衬衫，从来不愿意穿T恤；喜欢屈原，整天在背《离骚》；热爱海子，买了他所有的诗集；等等。

我们本来还为我们这届中文系没有奇葩而扼腕叹息，没想到身边就有一个，却未被发掘。那个同学说："幸好，他基本上除了这些，也没有其他怪癖。不然，我们肯定不能和他为伍。"

关于陈泰宁，我还听说了一些事情。比如，有人跟他说，生红薯如果一旦遇到寒冷的环境，很快就会腐烂。后来他真的买了几个红薯，冬天的时候就放在寝室的阳台上，当发现红薯烂了之后，他才点点头，承认别人没有胡说。

我们将陈泰宁约到学校的食堂，想问问他做了这么多年强迫症患者有什么感想。他感叹一句说："唉，我当年就是学不好物理，不然根本不会和你们这帮人混在一起。"

后来，我们就让他做了我们系刊物的美编。我们知道，依照他这种吹毛求疵的风格，校对的事情肯定也是他包了。结果，真的被我们猜中了。接下来，每次我们开会的时候，总是不停地听到陈泰宁唠叨："错别字真是太多了，太多了。你们要是再这样，我就不干了。"

我们有了他，真是放心了不少。最起码，中文系的刊物发出去，再也没有人笑话说："看看，堂堂中文系一本小刊，竟然还有错别字。"

陈泰宁真是为我们长了不少脸，我们都爱他。所以，尽管他唠叨，大家都默默听之任之，不出声反驳。

毕业前一年，刊物停发。大家忙着找工作，陈泰宁有点怅然若失。有个师兄听说他的事情，就介绍他到一家报社实习。后来那师兄跟我说，陈泰宁实习的时候，拿着一本破破烂烂的新华字典，他实在看不下去，就送了他一本新的。陈泰宁说："师兄，你还是别送新华字典了，要不送我一本康熙字典吧。"

师兄差点没憋过气去，恨恨地跟我说了一句："一张报纸，哪里会用到康熙字典里的生僻字。这小子成心讹我。"

再后来，陈泰宁就离开了那家报社，去了一家比较文艺的杂志社，可杂志社最终因为市场和销路的问题停刊了。和陈泰宁比较熟悉的一个同学说，他回家去做了老师。

有一年，我们都十分敬重的一个教授病重。负责联络的同学通知了在这个城市里工作的很多人，但最终来的却没有几个。人在老家的陈泰宁，就这样风尘仆仆地出现在教授的病房。他比大学时候还要瘦，戴了近视眼镜。脱掉棉衣，里面依旧是干净整洁的白衬衫。头发剪得短短的，一脸焦急。

"你们怎么不通知我，如果不是王涛跟我说……"他忽然哽咽起来。

教授躺在床上，脸色苍白地对他招招手说："行了，陈泰宁，你看看你，这么多年也改不了这个脾气。"

我们忽然都觉得惭愧，因为我们都忘了，陈泰宁一旦喜欢上一个人或者一件事情，就会一辈子喜欢下去。原来，教授一直没有忘。

教授最终还是没有熬过冬天，就这样走了。参加完追悼会，大家又聚在一起。有个做刊物的同学力邀陈泰宁加入他们杂志社，陈泰宁摇摇头说："我还是最喜欢教书了。"

后来，据这个办刊物的同学说，陈泰宁班里的一个学生参加了一个全国著名的作文大赛，拿了一等奖，指导老师就是陈泰宁。

他和我说："你知道，有一次我因为出差去了陈泰宁家乡。正好空闲，去他家找他，想约他写几篇稿子。他老婆说他在学校给学生上课。我找到学校，跑到他那个班级的教室外，他正在跟学生讲屈原。讲到激动处，一脸幸福样儿。我看着那班里的学生，个个表情如痴如醉，忽然觉得陈泰宁是对的，他真的很适合做老师。我还看到那班级的后墙上贴着几个大字，写着：你来一趟人间，要看看太阳，和心爱的人，一起走在街上。"

我点点头想，陈泰宁果真是陈泰宁，这么多年一点儿也没有变，依然喜欢海子，依然将屈原奉为心中的"男神"，依然愿意活得像一枚小小的太阳……

你从哪里来，想成为什么样的人

表舅是70年代生人，高中辍学南下打工时，正值南方“淘金”热。表舅去找家里的一个堂叔，这个堂叔在一家大公司做仓库管理员。

堂叔见到表舅，先是把他数落了一顿，堂叔说：“穿成这样，一看就是乡下娃，会让别人瞧不起的，你赶紧去买身新衣服，我好带你去见老板。”

表舅说：“我这身衣服是从家里出来之前刚买的。”

堂叔撇撇嘴，说：“先洗个澡，理个发吧。”

后来，堂叔找了他儿子的一身西服，要表舅换上。表舅看看衣服，说：“叔，找老板能给我安排个什么工作？”

“先和我一样，看仓库。不然，你还想去坐办公室啊。”

“那我就不穿这身西服了，没有必要。我这身衣服，还是挺好的。”

看表舅执意不换，堂叔也没有再劝，只是说：“老板看不起你，不给你工作，你可别怪我。”

面试的过程倒是简单。老板忙乱之中，抽了一点时间，问了问表舅的学历、家庭，又听说是堂叔的亲戚，就点了点头。

“希望你在我们这里好好做，仓库的事情可大可小，把东西照看好就行。”老板说。

表舅点点头说：“我一定会照看好。”

老板没有再说什么，表舅就留下来开始照管仓库。堂叔有了表舅的帮忙，顿时感觉轻松了不少。表舅人年轻，腿脚麻利，离住处稍微远点的仓库，堂叔就差表舅去看。表舅每天上午和下午都来回两次，去查看仓库的情况。

堂叔说：“在外打工，人要机灵一点。一天察看两次就行了，你看四次，也没有人给你四次的钱。脑子这么不转弯，怪不得考不上大学。”

表舅也不生气，只是笑笑。一天之中，仍然去看四次。南方到了夏季多雨，又有台风。那天，天气预报说台风要来，表舅跑得更勤快了，堂叔撇着嘴笑着说：“傻小子，台风刮不走那些货的，你就别傻费劲了。”

表舅不停脚，忙着去拿遮雨布。他还没出门，风就乎乎刮了起来。雨点像黄豆粒一般落下来，表舅拖着遮雨布，艰难地朝前走。堂叔在后面跺着脚喊：“臭小子，你快点回来。这么大的雨，你不去，老板也不会怪我们的。”

也许是风雨太大了，表舅根本没有听见堂叔说的话。他拖着遮雨布，加快脚步。风摇得树叶乱飞，雨已经像瓢泼的一样。表舅淋成了落汤鸡，摊开遮雨布，货物总算都被盖了起来。他又逐个角加固，害怕风把遮雨布吹走。

表舅没有想到，老板这个时候会来。老板手里也没有伞，人站在风雨里，也变成了水人。他帮着表舅，把遮雨布弄牢固。然后说："风雨太大，赶紧回去吧。"

表舅点点头，一路跌跌撞撞地跑回了住处，又被堂叔一顿臭骂。堂叔并不知道表舅遇到老板的事情，所以，当表舅被调到公司办公室里工作的时候，堂叔一脸吃惊。

"你小子真是走了狗屎运啊，老板怎么就让你坐办公室了。"

表舅没有说话，收拾好行李，给堂叔鞠了个躬走了。老板让表舅跟着他去接待客户，表舅说："我什么都不会。"

老板说："什么都不会，可以慢慢学。"

表舅就这样一边学一边做，进步却并不慢。老板说："高中还没毕业，怎么就不读书了？"

表舅说："家里穷，我不能连累父母，我弟弟妹妹也需要读书。"

老板点点头，说："学习总是有机会的，你现在就学得很好。做得也不错，再接再厉。"

堂叔听说老板器重表舅，找到表舅的办公室，拿着一叠各式各样的发票说："娃儿，你出息了，也不能忘了堂叔。你看看，我的这些发票，你找地方给我报报。"

表舅接过发票看了看，从钱包里拿出钱来，递给堂叔说："下不为例。"

堂叔气得直跺脚，说："你小子走了运，就忘了穷亲戚。也不想想，没有我，你能坐在这办公室里。看着吧，你小子爬得高，跌得惨！"

老板问表舅："那个仓库保管员为什么骂你？"

表舅说："他是我叔叔，我受他恩惠，做了让他不满意的事情。他骂我两句，也是应该的。"

老板点点头，说："下个项目，你自己跟进吧。正好这两天有个客户要过来，你去接待一下。"

客户是贵客，如果谈成了，就能拿到一个大项目。助理问表舅接待宴会订在哪里，表舅选了一家中上等的粤菜馆。

客户是位老人家，在海外做生意多年。和表舅说了很多自己的经历，两个人相谈甚欢。结束用餐之后，表舅嘱咐助理打包饭菜。助理一脸尴尬，觉得表舅当着客户这么做，未免显得太小气了。助理递了一个眼色，表舅权当没看见。

接下来的几天，客户那边一点消息也没有。助理在心里暗暗埋怨表舅，觉得是他的小气赶跑了客户。

又过了几天，老板拿了合同过来，兴奋地说："客户已经签了合同，还讲明要你跟进这个项目。干得漂亮！"

很多年之后，已经有了自己公司的表舅，和我们说起他得到第一桶金的过程，态度是那么的轻描淡写。因为表弟要创业，希望他给一些建议，表舅才说了一些自己的故事。表弟听后，叹口气说："时代已经变了，你那个时候的价值观，大概已经不适用于这个时代了。"

表舅笑了笑，说："也许在有些地方，真的不适用了。但是，无论到了什么时候，你想要做好事情，就一定得记住，要时常问问自己，你从哪里来，要做什么事，要成为什么样的人。"

表弟听完默默点点头，也许有了表舅的指引，他不会迷失自己。

不，不愿意就此而已

简悦离了婚之后，和我坐在一起喝茶。

她说：“早知如此，当初还不如不结婚。像你这样，轻松自在只谈恋爱。多好！你看我，为了一个离婚官司，跑来跑去，最后分到那么一点财产。想想真是无趣极了！”

“那么，当时为何还要如此疲于奔命地挣扎？”我问她。

她答：“因为我不愿意过那种生活，不愿意就此而已。”

她端起一杯茶，一口喝完了。

简悦的婚姻只有三年，婚后一年半，发现丈夫出轨。她愤懑不已，调查来调查去，却发现丈夫的出轨对象是丈夫的旧相识。在她和丈夫还没有这段婚姻之前，他们已经要好。简悦怒火中烧，找丈夫问：“为何你不选择与她结婚？”

“因为她并不是适合结婚的对象，你才是最适合过日子的女人。”

丈夫答得坦白简单，他看重简悦持家有道，又肯努力生活。不会爱慕虚荣，又很踏实勤奋。他是一个实际的男人，因此选择与简悦结婚，而与另外一个女人谈恋爱。

算盘打得如此之精，让简悦无话可说。但是，她想来想去，还是决定离婚。家人和朋友都劝她，干吗离婚呢，再找一个也不过如此。男人不都是这样，吃着碗里的，看着锅里的。何况，她先生自身的条件和家世都不错。

一个离婚的女人，即使是没有孩子，在这个社会里还是会被人看低一些。简悦咬咬牙，还是把离婚协议递到了丈夫面前。

“我自然不会同你离婚，不然我一开始就不会和你结婚。”

丈夫摆明态度，简悦有些怒不可遏。她并不知道，原来人如果选择了无耻，是可以做到这个地步的。

不过后面还有更无耻的。

丈夫说：“我不会减少一分家用，你愿意买什么都可以去买，我保证你的物质生活要比你所有的朋友都要好。简悦，人也不能太贪心，求得好的物质生活，便不能对精神生活再要求什么。哪有那么完美的生活？”

简悦冷笑，说：“你不是正在享受完美的生活吗？”

“简悦，你何必这么聪明。很多女人，处在你这个位置，都选择睁一只眼闭一只眼。你又何苦？即使我们离婚，你会快乐吗？”

丈夫这么理智冷静地帮她分析利弊，简悦反而消了气，不再愤怒。

她问：“为何我要委屈自己，成全你们？”

“这一点，你嫁给我时不是早就想清楚了。你知道，我会让你过上比别人都要好很多的日子。”

简悦叹一口气，她一点也不否认，他说的有道理。但是，道理同实际情况不符，也可以变成歪理。

简悦说："原来一直都是我一厢情愿罢了。"

她在离婚协议书上签了字，接着就搬了出去。丈夫却迟迟没有签字，简悦请了律师，向法院起诉。

律师劝她说："简女士，你坚持要打官司吗？"

"当然要打，他既然认定了我是图他的钱，我也不好不表明我的态度，我就是图他的钱！"

那一阵子，我们都把简悦叫作"愤怒的小鸟"。我想，大约她是因为认清了事实，才会这样怒不可遏。然而后来她说，她是因为恼羞成怒，成心不愿意让他过安稳日子。

大约男人永远不会理解，一个曾经爱着自己的女人，一旦不爱了，为何会变得那么可怕。

我们都劝简悦，为何为了一个不是张无忌的男人，生生把自己逼成周芷若呢！

简悦说："既然我在他的眼里就是爱钱的丑陋女人，那么我就让他看看，我真的丑起来是什么样子！"

离婚弄得人仰马翻，邻里皆知。丈夫被逼无奈，只能在离婚协议书上签了字。

因为丈夫是过失方，简悦分到了一半的财产。

俩人走出法庭，已经成为前夫的男人看着简悦说："说来说去，你不就是为了钱！"

简悦笑着说："对啊，我就是为了钱。生活多实际，不是为了钱，谁会跟你这样的人过日子。不然，你去问问你的那个第三者看看。倘

这辈子
我要活得
酣畅淋漓

若你是个穷光蛋，她还愿不愿意顶着第三者的名声，跟你谈恋爱。”

一番抢白，倒让前夫哑口无言。离婚官司结束之后，简悦有些落寞。这一番折腾，本不是她的意愿。

只是，意难平。

简悦说：“谁不渴求，岁月静好，现世安稳。只是没办法，遇到这样的事情，我总是不愿意忍字当头。因为实在不愿意过这样的日子。”

她将从前夫那里得到的那笔为数可观的离婚赔偿金，拿出将近一半捐给了一个公益组织。那是一个帮助遭受家暴妇女的公益组织。

简悦说：“虽然有人说，男人都是一样，生活不过如此。但是，不该忍受的，不能忍受的，不想忍受的，通通应该鼓起勇气反抗一下。哪怕有时候不成功，或者会遭遇更可怕的生活。但是，我们终归是努力过。”

我想，真的努力过的人，才能理直气壮地说出这番话来吧。而这个世界如此精彩，就是因为有那么多人不愿意耽于现在的生活。

他们说，不，我们不愿意就此生活下去。于是努力跨出一步，见识了更多的人和事，看到了更多的风景。生活因此给予他们很多无形的礼物，他们的人生也变得比别人更加丰沛。

生命吱吱作响，生活翻腾不休

早上起床之后，她抬头看了看窗外。被玻璃挡住的天空，依然灰蒙蒙一片，又是雾霾天！走进卫生间，洗脸的时候，看到镜子中那个蓬乱头发的自己。她忽然下定决心，准备开始做两件事情。

第一，结束现在朝九晚五、食之无味的生活；

第二，和一段没有喜悦也没有悲伤的恋情说拜拜。

收拾完之后，她背上包，戴着口罩出了门。等公交车的时候，风就这样刮起来。她抬头看看天，雾霾依旧浓重不散。

她太了解自己，从来都学不会任性。知道生活是实际而悲哀的事情，所以，做学生时，就好好学习，名列前茅。工作之后，她刻苦上进，勤勉努力，也获得了一些成绩。

她也知道，相处了三年的男友，心早已不在她身上。她曾经看到他在陌陌上和两个女孩聊得热火朝天。她选择听之任之，她觉得结婚之后，迟早也都是这样。

小阮在没有去世之前，曾经这样和她说：“和谁结婚，其实都是一样的。”

她疑心这句话也是小阮从什么人那里听来的，但是，她却没有办法反驳。小阮是她的好朋友，按照现在流行的说法，就是好闺蜜。她们一起来到这座城市读大学，后来也都留在了这里。小阮结婚的时候问她：“你打算什么时候结婚呐？”

她笑笑，没有回答。小阮结婚前便辞了工作，因为要生孩子。

她问小阮：“你开心吗？”

小阮说：“什么是开心？生活不都是这样吗？”

然后，她又听见小阮幽幽地抱怨一句：“我本来真的不想活成我妈那样的，重复她的生活。但是，现在我也只能这样了。”

彼时，她很想替小阮分担一些不开心，但是却发现什么也做不了。然后她发现，人们一旦选择了一种生活模式，就等于为自己戴上了一副枷锁。他们常常会抱怨枷锁的沉重、不方便，对枷锁恨得牙痒痒。但是，却没有人愿意轻易放弃。

她想起凯文·史派西在《美国美人》中的那句台词：“我们为什么要结婚，是因为我们不想看起来和别人不同。”

小阮带着孩子和丈夫，邀请她和男友一起出来吃饭。吃到中途，常常会劝一句：“你们俩赶紧结婚吧。都这么多年了，不结婚想干吗啊？”

小阮真的是当妈的人了，一个转身，场景一换，身边站了老公和孩子。自己立刻进入了角色当中，感同身受。

她笑一笑，不说话只喝了一口酒。男朋友见她不说话，也就摇摇头耸耸肩膀。这个话题到了这里，也算是结束了。

后来，她和小阮说起男朋友聊陌陌的事情，小阮脸上都是愤怒：“男人真的没有一个好东西。我老公手机里也藏着我不知道的东西，整天换密码。还以为我不知道，迟早有一天，我会揭穿他。”

然后又劝她：“结婚吧，也许是因为你不和他结婚，他才去聊陌陌的。”

“是吗？你是这么认为的？”她认真地看着小阮。

小阮却看着婴儿车里的孩子，轻轻地叹了一口气说：“其实，和谁结婚，最后都是一样的。”

她不知道小阮是什么时候生的病，她接到通知赶到医院的时候，小阮坐在病床上，脸色惨白，眼睛红红的。那一刻她才知道，原来死亡是一件随时随地都可能发生的事情。

小阮说过，她不想重复过她母亲的生活，做个家庭主妇，唠唠叨叨地自言自语，最后弄得孩子和丈夫都嫌弃。

小阮啊，小阮，原来并没有母亲那样的运气。她已经无法看到孩子长大，也无法再面对庸常的生活。

这是幸运，还是不幸？！

这个问题一直困扰了她半年，一直到小阮去世之前，她也没有找到答案。参加完小阮的葬礼，小阮的丈夫给了她一封信，他说：“小阮嘱咐我交给你。”

墓园清净，她坐在石阶上，拆开那封信。是小阮的笔记，只写了寥寥几句。小阮说：“也许死亡是在我对生活心灰意冷的时候靠近我的。原来，我并不适合过这种人人都觉得是好日子的生活。

“你还记得我们背过的那首诗吗？有的人活着，但他已经死了。

这辈子
我要活得
酣畅淋漓

一个人违背自己的意愿，过自己其实不想过的生活，那他可不就是尸位素餐、行尸走肉吗？

“你如果不想过这样的生活，千万不要踏进来。不然你终究会后悔至死，就像我一样。”

从墓园回来的路上，看着山道两旁的苍翠青松，她听见心里某处咕咚一声，一个想法就这样瓜熟蒂落。辞职之后，她去参加了潜水课程。

之后又去了海洋馆，学习了一段时间，做了海豚驯养员。

某天晚上，同事们聚在一起吃饭，因为一个同事要离职。他报了登山队，面试和训练测试都通过了，准备去挑战珠峰。

她坐在那个同事的旁边，看到他的侧脸，发现原来线条竟然如此刚毅分明。不似他的正面，温和柔软。

她想，这真是像极了眼前的生活，角度不同，看到的东西永远不同。只要愿意去看看它翻腾不休的模样，不要畏怯，不要懦弱，总会看到它很多不一样的地方。

第二章

没有什么能够
阻挡，你对幸福的向往

- 花开的地方，总有幸福在
- 没人了解你，无人替你想
- 我想要和这个世界重新相见
- 不越过山丘，怎知无人等候
- 我们都走过一些不好的日子
- 每个人的所欲都大大不同
- 人在江湖，总是贪心
- 明白的人一定会明白
- 用你喜欢的方式生活最好

花开的地方，总有幸福在

董楠楠和我说，她第一次去田大壮家，就被他家院子前的那片桃林吸引了。当时正是阳春三月，桃花朵朵，竞相开放。

董楠楠说：“我怀疑，这根本就是田大壮给我挖的坑。他知道，我肯定会跳的。”

是不是田大壮挖的坑我们都不清楚，只是董楠楠就这样成了田大壮的媳妇。她看见那片桃林，简直流连忘返。田大壮的爸爸还在桃林里挖了一条小溪。

“芳草鲜美，落英缤纷。”董楠楠是用《桃花源记》里的词来形容的，评价当然是至高无上。然而，桃花有开的时候，总也有凋谢的时候。过年时，董楠楠跟着田大壮去了他家，看到的是成片成片光秃秃的枝丫。

田大壮生在一个大家族，七大姑八大姨，还有四个叔叔伯伯。听到新媳妇第一次来过年，都聚了过来。场面真是热闹异常，董楠楠事后跟我们描述说：“我鞠躬鞠得腰都快断了，最后还是没有弄清楚谁是谁。”

第一次去老公家过年，董楠楠的妈妈千叮咛万嘱咐，一定要手脚勤快，不要丢老董家的人。

“被人家骂你家教不好，老娘我脸上也没光！要争着抢着去刷碗，知道吗？”

回想着老娘的连呼带呵，董楠楠战战兢兢地坐在田大壮家偌大的客厅里左顾右盼。田大壮跟他几个表弟堂兄聊得不亦乐乎，那些叔叔伯伯说的话题她根本插不上嘴，那些堂妹表姐们又都挺内向的，没什么话跟她说。

董楠楠急得直跺脚，恶狠狠地看了田大壮一眼，结果却遭到了白眼。田大壮示意她去跟几个年纪大的姨婆和婶婶聊天，董楠楠简直气极了。但是，她一点也不能发作。

就这样，董楠楠当着姨婆婶婶们的面，将自己家底都抖了一遍。如果不是婆婆叫吃饭，她觉得自己一定会变成猴子被抓进动物园。这一次，董楠楠尝到了被人“围观”是什么滋味。事后她跟我说：“简直是生不如死！”

饭后，她当然是谨遵老娘的教诲，争着抢着去洗碗，但是婆婆说什么也不让。

“哪能让你刷碗，你就坐着和他们聊天吧。”

婆婆端着大把碗筷走进厨房，董楠楠还是跟了进去。

她说：“妈，你一个人洗这么多碗太累了。我帮你打打下手。”

婆婆说：“水冷呢，小心别把你的手冻伤了。我们这边不像你们家那边，没有暖气的。”

董楠楠笑笑，将手伸进水里，因为是井水，并不如想象中那么冷。她心里还是挺愉快的，跟着婆婆刷了一个多小时，才把堆积如山的碗筷收拾干净。出了厨房，站到院子里，冷风一吹，她才感觉整个人都僵硬了，一双手都快变成冰棍了。

此后一年里，董楠楠都在绞尽脑汁想办法，怎么才能过年的时候不回田大壮老家。在回家过年这一点上，田大壮是死扛到底的。

他说：“我也就过年的时候才能回趟家，你还不跟着我回去？”

董楠楠说：“咱们商量商量，能不能你放年假的时候，我陪着你回去。咱别冬天去，行吗？”

田大壮骨子里是极为传统的，觉得春节就是阖家团圆的好日子。年假这种假期，当然不能跟春节比。两个人为此冷战、争吵，闹了好一阵子。

董楠楠说：“田大壮回老家倒是玩儿得很开心。当着表弟堂兄，说他空中飞人的经历。我人生地不熟的，可不想再去刷碗，被冻成冰棍了。你知道吗？在田大壮家待了七天，我刷了七天的碗。”

她的眉毛皱到一起，表情像是吃了苦瓜一样。田大壮站在一旁直撇嘴，下个星期他又要飞巴黎，他很想说服董楠楠。但是，作为一个飞机师，他和老婆聚少离多。如果见面再吵架，那这个婚迟早散伙。

董楠楠的妈说：“不管说什么，你也得跟着大壮回家去。不然，你婆婆真要说我们家没家教的。她把大壮教得这么好，我可不想输给她。”

老娘这么要面子，立誓要将她赶出家门，董楠楠心里真是比吃了黄连还要苦。阳春三月的时候，公公拍了桃花林的照片给她发过来，让她有时间就搭飞机回去看看桃花。董楠楠又一次被武陵人的传说打动了，等到回过神来，转眼又到了春节假期。

这一次，她改变策略，七姑八姨聊天，她插不上话就主动进了厨房。婆婆、一个姑妈还有一个婶婶都在厨房忙活，见她进来，婆婆说："楠楠，你快出去吧，油烟太大了。"

"妈，大壮跟我说，他有时候想吃您做的菜。您教教我。"

婆婆一听，高兴起来。一边嘴上埋怨儿子不省心，一边还是愉快地教授儿媳妇做菜技巧。整个春节期间，田大壮还主动申请刷了两次碗，这让董楠楠心里更愉快。

自此之后，董楠楠是真心喜欢上了田大壮的老家。婆婆厨艺了得，董楠楠也学得不亦乐乎。七大姑八大姨都夸董楠楠懂事，赞她婆婆有福气，得了好儿媳，婆婆当然更高兴。

田大壮自吹自擂，说："那是，也不看看我是谁。我这么聪明，我老婆能是笨蛋吗？"

董楠楠在一边偷偷撇嘴，心想：哼，关你田大壮屁事，是姑娘我情商高！

不管怎么样，董楠楠总算顺利解开了心中的一个疙瘩。有一年阳春三月，董楠楠拉着我去了田大壮家的那片桃林。她公公挖深了那条小溪，还在里面养了一些鱼。我们站在桃花树下，一阵风吹来，有花瓣被吹落。

董楠楠忽然感动，眼睛湿润，说："我觉得我公公婆婆心里都是有爱的人，不然哪能把这片桃林伺候得这么好。"

真的，我站在那里想，心里有爱的人都明白，花开的地方，总有幸福在。

没人了解你，无人替你想

年少时，总听见母亲有意无意地说：“无人理解我，没人替我着想。”通常是她做家务倦极了的时候，也找不到人替她分担。我在看书，父亲在看报纸，对她的抱怨均不理睬。

后来长大了，发现每个人都存在孤独感。这种感觉强烈的时候，即使是面对非常喜欢的事物时，心里也会隐隐难过。觉得这个世界上，没有什么属于自己，也没有人关心爱护自己。

这时我才明白，母亲的抱怨并不来自于对生活的厌倦，多半是孤独感找上了她，让她伤感陡增。

进入社会工作之后，坐办公室的朋友经常和我说：“为何我总是觉得跟那个集体格格不入？是我有病，还是他们有病？”

我说：“如果真的总是这样，那么不妨换一换环境吧。”

总是觉得格格不入，的确会让人孤独至死。在这样的环境里压抑自己，对身心健康异常不利，不如赶紧想办法离开。

后来遇到婚恋问题，陷在其中苦恼不已。碰巧认识一对老夫妻，结婚几十年，依然相敬如宾，真是令人吃惊不小。

我问那位阿姨：“有没有觉得叔叔并不了解你，从不替你着想？”

阿姨笑笑，说：“当然想过，也知道这种东西真是存在。因为每个人都是独立的个体。”

我看着她问：“那如何消解这种孤独感？”

她笑一笑，脸上竟然闪现出一丝骄傲。她说：“做一道他喜欢的菜，买一个他喜欢的盆栽。这时候，他就会跟我说，还是你了解我。我的孤独感，就这样自然而然地消失不见了。”

“真是好办法！”我不由得赞道。

的确是有生活经验的人，我由衷地佩服。觉得对于他们来说，几十年如一日，这样过下来，一定是想尽办法调整彼此，改进身上的缺点，迁就对方的习惯。就这样，最后变成了解对方胜过了解自己。

朋友对我说：“大概非得达到这种境界，才能好好相处，和平过一生。”

他说他无法做到，所以结婚三年之后，他选择了离婚。在他眼里，前妻不了解他，他也并不了解她。

“一个人想要了解另外一个人，其实真的是一件难事。有些人，你终其一生，也无法了解。”他这样跟我说。

我也有些感慨。

他说他在看球赛的时候，他的前妻一定会把打游戏的声音开得大大的。他们就这样铆足了劲儿，互相把声音越开越大，最后邻居不胜其烦，报警了。

他说："让人厌烦的事情，何止这一件。我喜欢穿T恤，她却总是让我穿衬衫，我的衣柜里都是衬衫。我通通丢在那里不要穿，她却不断地逼着我，说男人穿衬衫才好看。但是，穿上我哪里都不舒服。我不能勉强自己的感觉，去迁就她的喜好。"

所以，最后就算是分手，也是不欢而散。他抱怨前妻从来不了解他，前妻则告诉他所有的朋友，说他自私自利，从来也不为她考虑。

人与人之间的怨恨，就这样产生。有人时过境迁，也试着原谅对方。但是，最终老死不相往来的，还是大多数。

有女性朋友跟我说起结婚缘由，她说："为什么结婚？因为年纪总是会大，孤独的时候希望能有个人陪伴，困苦的时候，希望能有个人分担。所以，想要结婚。"

但是结婚之后呢，发现事情完全跟自己想象的不一样。总有不可调和的矛盾，对方身上总有让彼此没有办法原谅的缺点。还有，什么都要在一起：参加朋友聚会要一起；节假日要在一起；生活费用要混在一起用，诸如此类，有时简直心烦到想要抓狂。

妻子买一个几百块的鞋子，丈夫一定看不出鞋子漂亮在哪里。于是抱怨说："上次如果不是你阻止我买那个武器（网络游戏），我早就过五关斩六将了。"

妻子不屑，冷哼一声："你过五关斩六将，在现实中也做不了关羽。"

"咦，我做不了关羽，难道你穿上这双鞋子，就能成为奥黛丽·赫本？"

结果就是剑拔弩张或者是冷战数日，这种戏码，永远不断上演。女性朋友说："男人和女人，可能真的来自两个星球，永远不会理解对方。”

但是，真的是这样吗？

我想，那些可以白头偕老的夫妻，一定是像我认识的那一对老夫妻，总是愿意站在对方的角度，尽最大可能理解对方和替对方考虑。或者也有人说，表面上冷淡一点，其实关系可能会更好处理一些。

不过，也有朋友选择不婚。因为觉得从来也不奢望别人了解自己，或者是替自己着想。他们总是和我说：“以前听李宗盛唱寂寞难耐，如今在这个时代，哪里有时间寂寞。白天忙着赚钱，晚上回家还有网聊和游戏，简直忙得不亦乐乎。生活压力那么大，我可不愿意再找个让我糟心的人。”

说的是啊。

也许，他们已经想得比较明白，人生来孤独，想要找一个真正理解自己、替自己着想的人，根本是白日做梦。所以，索性放弃这些，找到自己更想要的陪伴方式。

毕竟，生活节奏紧张，人人面对繁重压力，还要设身处地为别人着想。真是一件听着就让人累的事情！

然而，偶尔老友聚会时，点菜时，老友会提醒服务员，告诉他们我不能吃辣的，叮嘱他们要少放辣椒，我心里顿时感动满溢，幸福感倍增。

我想，此时此刻，我真的愿意为老友做一切令他喜欢的事情。

这辈子
我要活得
酣畅淋漓

我想要和这个世界重新相见

“不知道你们对 30 岁之后，离开事业单位，开始自己创业的人怎么看？都有什么建议？”

这是我在某个知名的网站上看到的一个问题，下面的跟帖各种各样，统计了一下，建议这位提问者不要离开的，还是占了很大一部分。人们对于未知的恐惧，战胜了对于美好事物的渴望和向往。

不过，还是有人不惧怕恐惧，不断向前走。像我认识的一位老师，辞掉了稳定的工作，转身投入到别人都觉得不靠谱的工作中去。

他精通英语、法语和日语，辞职之前，在国内一家小有名气的大学做老师。35 岁成为副教授，再做几年，变成教授。一辈子便可以待在象牙塔里，享受着知识分子的称号，荣耀闪光。

那些年的工作之余，他常常帮助出版社翻译外文书籍。虽然赚钱并不多，但是已经让他有了比别人更自由选择生活方式的余地。

所以，他辞职的时候，遭到了父亲和母亲的强烈反对。父亲骂他不知好歹，那么好的工作不要，偏偏要去做什么娱乐节目。

母亲好言相劝，说他已经是个有家室的人，还有孩子要养。男人讲究三十而立，如今他已经三十多了，应该脚踏实地才是最好的选择。

唯独妻子不说话，既不反对也不支持。因为，她还没有搞清楚丈夫要做的是什么事情。

他说："你知道，现在的孩子的价值观，已经不是靠书本知识树立的了，他们多喜欢娱乐节目。他们请我去做这档脱口秀，目的就是为了增强孩子的思辨能力，让孩子们学会多角度思考问题。我觉得很好，这正是我一直想要做的事情。"

当然，如果能够不辞职更好。可是，学校有明确规定，不能以老师的身份去参加此类的社会活动。所以，他必须辞职。

妻子问他："非如此不可吗？"

他点点头，说："非如此不可！"

妻子说："既然你已经决定，那么就这么做吧。"

他真心感激妻子，当全世界的人都站在他的对立面时，只有这个女人选择支持他。

妻子说："世事如此，也许人们可以理解一个人因为赌博搞得自己倾家荡产，但是他们绝对不能理解一个像你这样的人，却要把自己推向看似绝望的未来。"

没错！他的老友也曾经警告说，这个行业变数太大，可能会超出他一切的想象。老友请他慎重再慎重。而学校里的那些同事，早就把他当成了疯子。

当然，也有人猜测他是去碰运气。他曾听见几个同事在背后议论自己，他们表示很理解他的想法，因为做一辈子穷教书匠，根本没办法过上很好的生活。

“他是想让自己的儿子成为富二代吧？”

“我看也是，人一辈子中彩票的概率毕竟不大。但是这件事情如果能让他出了名，肯定是财源滚滚啊。”

“对啊，到时候名利双收。拯救了自己，也拯救了家人，何乐而不为！”

后来，他和制片人说起别人议论自己的事情。制片人大概是见怪不怪了，笑了一下说：“人红是非多，你以后会有更深的体会。有多少人喜欢你，就有多少人讨厌你。这也不是我说的，是一个很红的名人说的。大概他对此有深切的体会吧。”

他想，不管他想要做这件事情的本意是什么，人们已经把他切切实实地看成了世俗之人。万丈红尘，衮衮诸公，所为不过名利。

他想起自己最喜欢的物理学家费曼说过的一句话：“如果你喜欢一件事情，又有这样的才能，那就该把整个人都投入进去，就好像一把刀直扎下去没入刀柄一样，不要问为什么，也不要管会碰到什么。”

后来，那档脱口秀节目半途夭折，他立刻失业。找不到更好的退路，他只能专心做出版社的翻译。心中自然苦闷，不敢去父母家里，怕听到老父老母的叹息。

妻子承担起养家糊口的重任，却一点儿也没有抱怨。只是安慰他：“没关系，如果有机会，你再去尝试。”

他说无法形容那时候的心情，说难过也不完全是。只是觉得如果再给他一次那样的机会，他还是会去选择做那件事情。

我问他：“您在参与这件事情的时候，有没有觉得，其实这种事情成功的可能性是微乎其微的。最终的结果，就是这样一败涂地。”

他认真地看着我，忽然笑起来说：“大多数人都是你这样想的。去做一件事情，最先的出发点就是期盼名利双收。所以，很多人看到我现在这副模样，一定会把我作为反面教材。”

事实上，在他从学校辞职的时候，就已经成为反面教材。现在他遭遇失败，铩羽而归，更是被一些人踩在脚底，成为他们茶余饭后嘲笑的对象。

他问我：“你有没有问过你自己一个问题？”

我说：“什么问题？”

“你这辈子，想要成为一个什么样的人？”

我想了想，笑笑说：“我小学时候回答老师，说我想成为裁缝。”

他听了，哈哈大笑起来，问：“为什么要做裁缝？”

“那时候觉得，只有裁缝才会给自己做很多的漂亮衣服穿。隔壁的小芳总是能穿漂亮衣服到学校炫耀，就是因为她妈妈是个裁缝。”

所以，我直接就被老师列入了“没出息的学生”行列，直到毕业，老师们还在嘲笑我做裁缝的梦想。因此，我理解他现在背负嘲笑的感受。

他却摇摇头说：“没关系，都是过程而已。你后来知道，你并不适合做裁缝，所以果断放弃。而我现在知道，我挺热爱脱口秀，所以即使被嘲笑也没有关系。因为我要做好我想做的事情，然后跟这个世界重新相见。”

这个愿望想要实现，真是不容易。三年之后，他才等到了一个机会。还是原来那个制片人，再次联络了他。这次，节目一推出，就迅速火了起来。

他说："天时地利人和吧，现在的年轻人，都愿意参与到思辩和创意中来。"

他变得小有名气，到各地举办讲座。后来，我在那个网站上看到关于"离开稳定工作，准备创业"这样的问题，就发了一封邮件给他，问他怎么看？

他回复我说："如果你问我真心话，我只能说，能做决定的只有他自己。因为面临绝境时，能救自己的只有自己。"

他已经算是过来人，自然知道每个成功都不全是仰仗偶然。就像他曾经说过的那样，他只是下定了决心，想让自己和这个世界重新相见。

我想，如果真的做了这样的决定，那么脱胎换骨的一番苦头，也是非吃不可的吧！

不越过山丘，怎知无人等候

陈小姐最近发现，她和男友说话的时候，男友总是打哈欠。她说五句话，他能打两个哈欠。陈小姐问：“你昨晚没有睡好？”

男友摇一摇头，又是一个哈欠，把菜单顺手推给她，说：“你点菜吧，我没胃口。”

说完，开始低头玩手机。陈小姐盯着菜单，发现上面的字一片模糊。她忽然心生厌倦，站起来，说：“不想吃了，我们回去吧。”

男友抬起头，不耐烦地看她一眼，说：“早说啊，我下班就直接回家了。还特意坐了车，绕到这边来。”

然后，两人都是一脸不高兴地出了餐馆。男友走在前面，陈小姐走在后面。她忽然发现，他们用这种方式相处已经有很长一段时间了。

陈小姐站住，叫住男友：“我想去吃很辣很辣的烤串。”

男友转过身，皱着眉头说：“我不是跟你说过，晚上吃那东西不好。要么你自己去吃，我先回去！”

说完，继续朝车站走去。陈小姐站在那里想，没错，就是这样，一直以来都是这样。他完全忽视她的需求，从来也不怎么关心她喜欢什么。

她看韩剧，看得泪眼婆娑，他只是撇一撇嘴，嘲笑一句：“这种弱智的东西，恐怕也只能骗你这样的女人了。”

“我是什么样的女人？”她问男友。

男友不说话，又撇了一下嘴，笑了一下，说：“下个星期放假，我们休年假。我订了去香港的机票，和同事一起去。”

陈小姐问：“去几天？我请假和你一起？”

男友看着她，说：“你请假跟我去玩儿，多不划算。”

陈小姐坐在那里想，没错，就是这样，他做决定的时候，从来不和她商量。过年放假回家，他提前十几天就买好了俩人的火车票，去他家的火车票。

他说：“你先跟我回家，然后我再给你买回家的火车票。”

他从来不愿意跟她回她的老家看一看，他说：“没办法，你最起码还有一个姐姐陪伴父母，而我父母只有我一个儿子。他们需要我的陪伴。”

陈小姐觉得自己应该理解男友，不为别的，就为她爱他。她记得他的生日，他的每一个喜好。她迁就他，什么都拿出来与他分享。

他说喜欢长发的女孩，她就把头发留得很长很长。他喜欢她穿裙子，于是，一年四季，她的衣柜里堆满了各式各样的裙子。

男友生日那天，五月天来北京开演唱会，她兴奋不已，买了两张票，希望他和她一起去看。他冷冷地说：“我什么时候告诉过你，我喜欢听他们的歌。还有，你怎么不问问我，就擅自买了票。我那天正好加班，没办法去。”

“那天是你生日，你还加班？”陈小姐委屈地问男友。

“谁告诉你生日就不需要加班了。”他看了她一眼，一脸的不屑与冷淡。

陈小姐想，没错，就是这样。他从来都是决定好了才告诉她，不容置疑。而她决定的任何事情，他都会质疑和否定。

寒冷的冬天，外面下着鹅毛大雪。她肾结石发作，疼得生不如死。她拼命摇晃他，他不耐烦地睁开眼睛，说：“干吗啊？周六也不让我好好睡觉。”

她疼得浑身都是冷汗，问他一句：“能不能帮我叫辆出租车，我要去医院打点滴。”

他睡眼惺忪地起身，不耐烦地拿了手机，打了个电话之后，随后又倒头大睡。她爬起来，颤颤巍巍地穿好衣服，弯着腰下了楼。出租车司机看见她，立刻开了车门，将她扶上车去，问她一句：“姑娘，你怎么了？”

她答：“肾结石犯了，疼得要命。”

司机说：“这玩意儿疼起来确实要命。姑娘，你躺在后座上，趁着现在车不多，咱们就去最近的医院。”

陈小姐躺在后座上，脸上湿乎乎的，她已经分明分辨不出那是冷汗还是泪水。两个多小时，她打完了点滴。他发短信来问她，中午去哪里吃饭。

她装作没看见，将手机关掉，面容憔悴地去了朋友家。她说：“我想吃一碗热气腾腾的馄饨。”

朋友煮好馄饨，端到她面前，热气腾腾，芳香四溢。陈小姐看着馄饨，将脸埋进手掌中，再也抑制不住，号啕大哭起来。

朋友问："为什么不离开他？为什么？"

陈小姐哽咽难忍，断断续续地说："我已经 29 岁了，离开他，以后要怎么办呢？"

朋友说："就算你嫁给他，你能肯定你 39 岁的时候，不会忍得气绝身亡！"

陈小姐不说话，坐在那里一筹莫展。坐了一会儿，打开手机，却发现男友没有打来一通电话问候。她想，没错，就是这样。她其实早就应该知道，他连医院都不愿意陪着她去，又怎么会打电话。

陈小姐拿起勺子，将那碗馄饨吃了个精光。她擦一擦嘴巴，然后说："走，陪我去把头发剪一剪。"

傍晚回到家里，陈小姐看见男友坐在电视机前，认真地看着球赛。听见门响，头也没回，只招呼了一句："回来了。"

陈小姐站在那里，愣了一秒钟，答了一声："嗯。"然后，她转身回卧室收拾自己的衣服和用品。

她就这样剪短了头发，分了手。在白雪皑皑的冬季，她拎着行李，走在有些冷清的街道上。朋友已经帮她约好了房东，明天她需要去看几处房子。

她想，没错，就是这样。朋友说，你不越过山丘，怎么知道没人等候。是的，她要趁着春天还没有到来的时候，越过心里那座光秃秃的山丘。不管是不是有人等候，她都想在春暖花开的时候，看看山丘之外那些美妙的春光。

我们都走过一些不好的日子

周末时，朋友们到我家聚会。将菜做好摆上桌，老花把啤酒打开，却听见我家的门被拍得“咚咚”响。

老花打开门，我的小表妹哭得梨花带雨，怒冲冲地进来，一屁股坐在沙发上。

她说：“表姐，我又失败了。那个考官就是个变态嘛。”

算上这一次，她已经失败了三次。为了考上电影学院，她的确十分努力。一直待在北京，勤工俭学，苦练苦捱。

“考官说你这次是什么问题？”我问她。

“她说我悟性差，根本不应该学表演，应该尽早放弃，尝试别的东西。”

小表妹哭着说，简直是伤心欲绝。我想，这次的打击对于她来说，不可谓不大。一时之间，我不知道该如何安慰她。

老花笑着说："我中学时，数学曾经考过 8 分。那时候，数学老师骂得我狗血淋头。后来，他干脆对我爸说，我悟性差，意思我就是个天生的笨蛋，想要提高成绩，根本是不可能的。当时，我被我爸打了个半死。他老人家几乎放弃了我，对我放任自流，也不怎么管。他找了几个朋友，还打算让我学点手艺。如果考不上大学，就赶紧出来工作。"

小表妹不哭了，她盯着老花问："后来你是怎么考上大学的？"

老花笑了笑，脸上有一丝得意，他说："我换了班级，那个数学老师根本不知道我考了 8 分的事情。我主动承认我基础差，他老人家就盯着我做最基础的习题，练了好几本习题。我不但考及格了，而且还考得相当不错。"

小表妹看着他，说："但是我已经试了三次，都这样失败了。也许老师说的是对的。"

坐在餐桌边的林大周，喝了一口啤酒，说："没有完成目标的那段时间，是最煎熬的。那时候，一根稻草掉下来，都可以砸死你。"

我们都知道大周话里的意思，他家庭条件不好，一毕业便选择做了销售。刚开始那段日子，真是艰难。他没有钱租房子，只能住潮湿且阴暗的地下室。

一套西装，每天上班回家就直接放在干洗店。干洗店老板是个好人，免费给他洗。就算地下室的房租便宜，他还是付不起。因为没有客户愿意搭理他，一连两个月，他一个单也没有出。他向朋友和同学借钱，遭了不少白眼。

那个时候刚毕业，大家都困难。很多人看到他的电话都直接挂掉了。大周说过，有一段时间最难熬，一个客户答应签单。大冬天的，还下着雨，他兴奋地跑过去，却被通知客户出国了，三天之后才能回来。

大周没有带伞，到地铁站的时候，浑身上下已经湿透了。他冻得瑟瑟发抖，本想掏钱包买票，却发现钱包被偷了。钱包里仅有50元，他本想撑到月底。这下全完了！

他说他永远忘不了那天自己是如何的沮丧和绝望，他蜷缩在地铁站大厅的角落里，看着来来往往的人群，充满了对这个世界的厌恶。

后来，他说他厚着脸皮给老花打了个电话，向老花借钱。那时，他已经欠了老花三千。老花带着钱跑到地铁站，大周看见他，竟然哭得像个小孩子。

老花说："从那次之后，我就再也没见林大周哭过。那个客户提前回来了，签了合同。林大周，那是你完成的第一个单子吧？"

大周点点头，又喝了一口啤酒，笑着说："没错，数额还不小呢。"

杜少磊站在那里，笑嘻嘻地看着我的小表妹说："你看林大周现在人模狗样的，当初差点得了忧郁症自杀。"

"狗嘴吐不出象牙来，就知道说我。你怎么不说说你自己，被从小一起长大的哥们抢了女朋友，哭得像个狗一样，直嚷嚷着要死给那两个人看。"

林大周举着啤酒瓶，挑衅地看着杜少磊。杜少磊的眼神明显有点黯淡，但还是笑了一下，说："唉！说起来，本少爷也是遭遇过爱情和友情双重背叛的人。"

我们也记得那段日子，风流倜傥、英俊潇洒、家境殷实的杜少爷，春风得意马蹄疾，因为专业课成绩不错，文笔也不差，受到教授不少嘉奖。他老爸支持儿子谈恋爱，每个月还特别多给恋爱基金，让他不要亏待人家姑娘。

结果呢，姑娘却爱上了杜少磊最好的朋友。他们背着他谈了半年的地下恋情，后来好朋友主动找到他，希望他放弃他的女朋友。

在描述这段回忆时，杜少磊的语气充满了黑色幽默，他说："你们大概不知道，那一刻我知道了被雷劈是什么滋味。"

我们问他是什么滋味，他说："两眼发黑，脑袋嗡嗡响，还闻到一股烧焦的味道。"

后来大家开玩笑，都说那是他的心被烧焦的味道。

他说："我让她跟他走，我跟他们老死不相往来。"

真的从此不相往来。好像忘了这件事情的杜少磊，常常会喝得醉醺醺的，一个人在校园的操场上绕了一圈又一圈。

朋友找到他，要扶他回寝室，他就说："别管我，我找东西呢，我找东西呢。"

他曾经和林大周坦白，如果不是害怕被朋友嫌弃，骂他不像个男人，他当时也不是没有想过吞几颗安眠药的。后来呢，一切都过去了。

杜少磊说："时间就是良药。"

小表妹问他："你真的忘记你的前女友了吗？"

杜少磊停了三秒，笑了一下说："喝醉的时候，还是会梦到。"

但是，伤口已经结痂，最艰难的时候就这样过去了。蔡康永说，所有的一切都会过去。刻骨的爱，灼热的伤，痛得死去活来的曾经，都会过去。

过了一段时间，小表妹打包行李，去了另外一个城市。她告诉我，她去试一试那里的戏剧学院，如果再不成功，她就就此放弃。表演系面试的时候，她遇到一个老师，老师看了她自己编的小品，建议她去编导系学习。

后来，大学毕业之后，她还考了研究生，直接留校做了助教。我问她当初放弃表演系，会不会后悔。

她说：“现在做老师，还可以写剧本、写影评，偶尔写写书评。不知道多高兴。幸好当年放弃了表演系。”

原来，真的都过去了。

这辈子
我要活得
酣畅淋漓

每个人的所欲都大大不同

好不容易等到半个月的年假，朋友决定带父母去境外旅游。本来在家已经商议好了住宿的旅馆，可当飞机到了地方，出租车辗转两个小时，到达了旅馆时父母却立刻紧皱眉头，一言不发。

旅馆坐落在城市之外，青山绿水环绕，空气清新，环境优美。旅馆的院子被老板拾掇得分外干净，树木经过修饰，整齐挺拔。庭院里还有一方池塘，养了几尾红色鲤鱼。朋友呼出一口气，觉得心中淤积的烦恼，全都消失殆尽。

然而，父母却觉得这地方太安静，太寂寞，违背了他们出来旅游的意图。

父亲说："我上山下乡十几年，过的都是这种日子。"

母亲说："我每日在家里，因为觉得太安静太寂寞，才想出来看看热闹，听听人声。"

怎么办？当然不能就这样自私地违背老父老母的意愿。朋友叹一口气，只能给父母重新订闹市区的酒店，让他们去住那里。

父亲问他：“你还要继续住在这里，那么谁陪我们去逛一逛？”

他只能点头说：“你们先过去，让我在这里住几日。何况已经交了一个星期订金，省得退订麻烦。”

其实，一点儿也不麻烦。只是，他实在不愿意去闹市的酒店入住。他整日待在公司，窗外就是繁华热闹的街道。满眼高楼林立，水泥丛林，压迫得他快不能呼吸了。难得有这样清净安省的地方，他愿意多住几日。

就这样，父母和他分道扬镳。他联络当地的好友，给父母找了一个导游，整日带着两个老人到人多热闹的地方去转悠。他自己呢，每天早上起来洗个澡，吃完旅馆老板准备的早饭，看看鲤鱼，在旅馆庭院里静静坐着看会儿书，再去跟父母汇合。

两位老人玩得很高兴，与他见面，诉说着所见所闻。

母亲埋怨他：“你这出来度的是什么假，什么也没有看，什么也不去玩。还不如在家里睡大觉，真是浪费钱。”

他笑笑说：“你们玩得高兴，就不是浪费。”

母亲说：“要是跟着你，我们还不得闷死。”

他没说话，只是笑笑。事后，他跟我说：“你看，即使是一家人出去游玩，追求的目的也各不相同。下次，我打算让他们跟着旅行团。我自己一个人单独找个山清水秀的地方，睡上几天我也满足了。”

没错，这样谁也不用勉强谁，谁也不用迁就谁。幸福感自然不会下降很多。就像我的另外两个朋友，一个很爱穿帆布鞋，一个很爱穿高跟鞋一样。

爱穿帆布鞋的那个，每天上班都会在包里准备一双轻巧灵便的帆布鞋。下班之后，一定脱下高跟鞋，穿上帆布鞋。

她说："这样挤地铁、挤公交，都踏踏实实的。"

那个爱穿高跟鞋的，无论去哪里，鞋子没有后跟，她一定不会穿。就算是家里的拖鞋，也一定要带着厚厚的松糕底。

我问她："穿着高跟鞋追公交车，是种什么样的感受？"

"有时候的确是生不如死。有一次，我穿一双新买的高跟鞋，脚后跟被磨得又红又肿。但是，还是拼命忍住，一直撑到下班回家。"

"这么折磨自己，你不是有病吧？"我看着她，实在觉得难以理解。

她笑了笑，说："也许在你看来是折磨，在我看来是幸福。每次穿上高跟鞋，我都觉得自己非常优雅，非常美丽。"

所以，再大的折磨，在她看来都是快乐。《安徒生童话》中，那些小美人鱼的姐妹，为了让自己的尾巴看起来高贵和特别，就在上面沾满不同的牡蛎壳。即使这些贝类的重量，会让她们游水的速度变慢，她们也在所不惜。

那位人鱼老祖母说："美丽，总是需要付出些代价的。"

只是付出时，有人觉得是种幸福，有人却觉得是种痛苦，只因为每个生活在这个世界上的人对幸福的定义都不相同。

有人觉得在雨中的海边散步，其乐无穷，有人却厌恶被淋得浑身湿透；有人觉得举办婚礼一定要隆重，叫上所有的亲戚朋友，见证自己美好幸福的一刻；有的人却觉得，婚礼实在是件麻烦的事情，干吗要劳师动众，还把自己累得半死？于是，俩人打包好行李，把想去的地方都转一遍，也很幸福快乐。

幸福真的有许多种，就像人们说的那样，一千个人看哈姆雷特，便有一千个不同的哈姆雷特。所以，给幸福下一个定义，实在是一件困难的事情。

因为每个人的心里都有神秘的地方，每个人的心里都有自己的欲望和追求。正如那位名作家说的那样，甲之宝藏，乙之砒霜。有人觉得臭豆腐奇香无比，有人闻到却会立刻呕吐出来。喜好实在不能够勉强。

不过，也有人认为，为了喜爱的人勉强自己，也不失为一种幸福。只是不知道，这种勉强到底可以维持多久。倘若真的是一辈子，都愿意默默付出，安静承担，当然也不失为一种幸福吧。

这辈子
我要活得
酣畅淋漓

人在江湖，总是贪心

一次，和几个久不见面的老同学吃饭。席间；一位已经成了企业高管的同学抱怨：“每天我得跟讨厌的人吃饭，还得说他们爱听的话。真是辛苦！”

的确辛苦，还要抱好领导大腿，看好领导脸色。一阵风吹过来，还得看清形势，选好队伍去站。一旦站错了，接下来的后果可能不堪设想。

有时想想，真是生不如死啊。活得这样纠结，这样辛苦，到底为了什么？

我问他：“有没有想过换个轻松自如的工作？”

他答：“怎么没有想过？夜里睡不着，总是翻来覆去地想。但是，唉，人在江湖，身不由己啊！”

当真身不由己？陶渊明觉得身不由已，立刻选择不为五斗米折腰，回家种地，安享太平。然后写下“采菊东篱下，悠然见南山”。

我的同学说：“南山也不一定非得是辞职才能见。我和领导一起出差，住宿的地方都是风景宜人的度假胜地。没事的时候，我也可以‘采菊东篱下’。”

你看，只是短暂地一住，他就感到满足了。所以，我从来不相信什么身不由己。一念天堂，一念地狱，都是自己的选择而已。

一个姑娘到了 29 岁，一咬牙一跺脚，在认识的男人之中，选择一个把自己嫁掉。丈夫算是有钱人家的孩子，俩人结婚蜜月去了欧洲。照片发到朋友圈，大家都羡慕不已。

姑娘一脸幸福，扬眉吐气地跟我说：“哼，看那些曾经嘲笑我剩女嫁不掉的人还怎么在背后议论我。”

我说：“他们大概也只有羡慕嫉妒恨了吧。”

姑娘咬咬牙说：“我就是要他们羡慕嫉妒恨。”

为此，她放弃了一个自己喜欢、也喜欢自己的男生，嫁给了现在这个丈夫。

她对我说：“没关系，反正他喜欢我就可以了。结婚不就是要找一个他爱我多过我爱他的男人吗？我不后悔。而且，现在的朋友圈里，也数我嫁得最好了。”

她既然做了这样的选择，我当然不能说什么。只能告诫她，好好努力，朝幸福的方向努力。然而，蜜月旅行结束没有多久，姑娘便哭着约我喝咖啡。

我见到她时，她的眼睛哭得肿如核桃。用墨镜遮住，即使坐在咖啡店，她也不愿意摘下来。

她说：“他每晚凌晨三四点才会回家来。”

我吃惊地看着她，以为她是在开玩笑。姑娘的泪水从眼镜底下流出来，挂在脸颊上。她也不擦，只是紧紧地握住咖啡杯。

她说："原来，他并没有我想的那么喜欢我。他说，他追我只是因为我难追。"

"那为何要与你结婚？"

"他说，跟谁结婚，对于他来说都无所谓。只要不用跟他爸给他安排的那些女的结婚就行。"

"原来，有钱人都是这么任性啊。"

我实在不知道如何安慰她，只能发表一句苍白的感慨。姑娘又哭起来，哭得浑身颤抖。过了一会儿，她停止哭泣，喝了一口咖啡。

她说："其实，他没有那么喜欢我这件事情，我也不是不知道。"

"那么，为什么要放弃真心喜欢你的那个，和这个男人结婚呢？"

"这不是自作自受吗？"我生生地将这句话咽了下去，却看见姑娘摇了摇头说："你也知道，人都是活在现实世界里的。这个男人可以给我想要的一切，社会地位、丰厚的物质生活，让我活在光环之中。你知道，我的朋友圈里的那些闺蜜现在有多羡慕我吗？"

我摇摇头，我并不知道。我不在她现在的那个朋友圈，我想，正因为我远离她那个朋友圈，她才愿意把心里的不痛快告诉我。那些朋友看着她身上的光环，羡慕不已。我却像一个站在月亮背面的人，只看到阴影和坑坑洼洼的月球表面。

我说："如果你真的觉得没意思，可以离开他。为何要这样委屈自己，就算你活成了别人的榜样，你会快乐吗？"

此时，姑娘已经不再哭泣。她好像从噩梦中醒了过来，摘下墨镜，擦干眼泪，打开手提包，拿出化妆镜来照一照。她让服务生给她拿了冰块过来，然后开始敷自己那双哭肿的眼睛。她说：“晚上，我还得跟着他去参加一个宴会。他父亲要求我们一定要参加，说是关系公司的生意。”

我点点头，开始不再说话。敷完眼睛，姑娘化了一个淡妆，又变得明艳照人。她拍了一张照片，发到朋友圈，说明自己在咖啡店喝下午茶。照片上的她，重新披上光环，引得下面一片点赞。

她有些尴尬地笑了笑，说：“人在江湖，总是身不由己，要尽量遮掩自己的不如意。不然，亲者痛仇者快。”

我知道也无须多问她什么，她已经做好了决定，从一开始决定嫁给谁时，她大概就已经下定了决心。无论如何，都要活给别人看，成为别人眼中值得羡慕嫉妒恨的对象。假装一团和气、其乐融融地过日子。

忽然想起某个酷爱搓麻将的伯伯曾经告诉我，因为他痛恨一个人，每次打麻将，都不愿意跟那人一桌。但是，某天凑来凑去，牌友始终不够数，于是有人提议打电话给那个人。伯伯一开始拒绝，后来按捺不住牌瘾发作，一咬牙一跺脚，叫了那个人来打牌。伯伯说，牌瘾难抑，实在是身不由己。

即使再讨厌，还是先解决自己的欲望再说。这样一来，的确被很多有底线、有原则的人所不齿。但是，人家说一句身不由己，也会换来一句同情。人生就是因为这样，才会演出一幕幕悲喜剧。

这辈子
我要活得
酣畅淋漓

明白的人一定会明白

少年读到辛弃疾词“少年不识愁滋味，为赋新词强说愁”时，就会想，老先生真是不理解少年啊，哪里是强说，分明就是愁怀满满，都找不到一个理解自己的人来说。

10年之后，看到邻居家的孩子叛逆，父母说一句，立刻摔门离开，恨不得再也不回这个令他讨厌的家。心里想，唉，真是不识愁滋味啊。

他并不知道在10年之后，他将要面对比父母严厉千倍万倍的人，无可奈何时，依然要低头屈膝，不能说半句大话。将门摔得震天响？对不起，请明天直接不要来上班了。

可是，不上班要怎么办？有房贷、车贷、医疗贷款要还，还有刚刚出生、嗷嗷待哺的孩子要养。不来上班怎么得了？怀揣这种狼狈心情，再去见好友，相对无言，也只能一声叹息。

老友说：“上个月，我们部门的那个钱某人到处散布谣言，说我要跳槽去别的地方。”

“你为何不去跟大家解释？”

“我只跟一个人解释了，那就是老板。其余的人，不用浪费唇舌。”

“那岂不是影响你在部门的声誉吗？”

“有什么影响？明白的人，自然不需要你的解释。不明白的，只能越描越黑。”

老友已经身经百战，练得刀枪不入。想当年少年时，我只是说了他一句：“哦，你原来喜欢某某。”

他已经气得脸红脖子粗，不断解释：“我没有喜欢她，没有喜欢，没有喜欢。”

后来朋友们知道了，纷纷向他问询。他真是有耐心，一一做解释，生怕连累了他的声誉，让他不再清白。少年的心，大抵如此，敏感、脆弱、不堪一击。

现在，大家已经在社会里练就了一副钢筋铁骨。解释，也只是对需要的人才解释。又或者，根本不去解释。因为大多数人都知道，无关紧要的传言不会过三日。

小老百姓的日子，无非是柴米油盐酱醋茶。就算是社会名人，绯闻、丑闻、爆炸性新闻，通通不会占用三天版面。耐得住寂寞的人，只是做一个公式性的澄清，此后再不想提起；耐不住的人，大抵会人家问一句，紧跟着解释一句。怕什么？当然是想要占住版面更久一点。

普通人无须如此，饱经风霜的小老百姓从来不愿意费心解释。家里的孩子和人打架进了派出所，赶紧去那里协调，领出孩子来要紧。哪里有人愿意浪费时间跟你解释。

小表弟上中学的时候，一个下午逃课去了游戏厅。家里人到处找他，结果在游戏厅找到了。他跟他爸爸解释：“我不想去的，是因为朋友拉我去，我才去的。”

以为这样能逃过一顿打，结果却被打得更厉害。后来我们再提起这件事情，他还是会说：“告诉你们了，不是我想去的，是别人拉着我去的。”

生怕别人以为他是个坏孩子，当然会费力解释。长大之后，跟着朋友一起做生意，吃了不少苦，也被朋友骗过两次。大家都说他笨，他却笑笑说：“我的确是笨，不笨也不会就这样白白被骗。”

只是喝醉之后，才跟自己的好友抱怨：“我哪里是笨，只是不想让朋友难做。朋友一场，这么多年了，撕破脸不好看。”

原来已经懒得解释，只是跟明白自己的人，才会说两句真心话。真正是长大了吧！这大概就是人们说的，时间总是会给人带来无形的礼物。

武侠小说作者笔下的少年英雄，总是沉不住气，轻易就会落入老江湖设好的圈套中。古龙写李寻欢为了救阿飞，受了不少误会。因为身经百战，他已经无所谓。然而，阿飞依然因为年少气盛，在江湖上树立了不少敌人。

真的没有办法。少年听不得别人说自己坏话，特别是那些在各个方面都很优秀的少年人。你只要告诉他哪里不如某人，他就一定会证明给你看，甚至付出惨重的代价，也在所不惜。

你问他：“其实别人也只是一句无心之语，你又何必认真？”

他只会告诉你：“我一定要让他看到，我哪里都比某某强。”

成年人认为，为了一个根本不在乎自己，更无须自己介意的人去如此，这是何苦呢？所以，成年之后，大多数人都会觉得，年轻时候的自己，的确做过几件傻事。

比如，瞪着眼睛，立誓要跟那个背地里说自己坏话的人，老死不相往来。10 年之后，往往却是相逢一笑泯恩仇。

为何？因为那句坏话，在如今的自己看来，实在是一件小得不能再小的小事。过往的岁月里，受过多少委屈、诽谤，发现解释来解释去，也没有说清楚。自己也还是那个别人眼中的自己，而不是自己以为的那个自己。

所以，不再花费力气去做任何解释。因为早已经懂得，对于那些总在背后说人坏话的人，可以避一避，不跟他们接触太多。坏话就让他们多说几句，别人问起，顶多说一句："我没有带眼识人，跟他多说了一句，真的是我的错。"

真的已经不要紧，因为心里明白，理解的人一定会理解，不理解的人，再多解释也是浪费。就这样吧，谁也没有办法做一个完人。

都是"而今识得愁滋味，欲说还休，欲说还休，却道天凉好个秋！"

这辈子
我要活得
酣畅淋漓

用你喜欢的方式生活最好

一位女性友人离婚之后，一直在做单亲母亲。很多朋友赞她聪明又坚强。她顶着这些赞誉，私下里却摇头叹息：“真的不容易。”

当然不容易，一人分饰两角，还要时时回答孩子的提问：“妈妈，爸爸去哪儿啦？爸爸怎么不回家？”

友人苦笑着说：“因为他还小，并不知道离婚是什么。只能告诉他，爸爸去国外办公，很久才能回来一次。”

事实上，爸爸乐得逍遥自在。经常给幼年的儿子打一个电话，报告自己的行踪，并许诺不久的将来就会去看他，给他买好玩的玩具，带他去吃好吃的。

友人警告前夫：“你答应孩子的事情，请一定要办到。他还是孩子，不像我这般不当真。”

真的不当真吗？真是如此，就不会闹到离婚的地步。离婚的原因总是多种多样，我的这位女朋友正是因为受不了欺骗。前夫是个爱许诺的人，但是执行力又太差。无论大事小事，都总是一味地拖沓，她终于忍无可忍，选择离婚。

“事实上，如果选择忍耐，也可以不离婚的。”她说，轻轻叹一口气，又说，“最终选择离婚，还是觉得自己不大喜欢婚姻。”

我算了一算，他们结婚五年，儿子三岁。像这种情形，很大一部分人一定是选择不离婚的，因为他们认为一个不完整的家庭，对孩子没什么好处。

女友却不这么看，她说：“孩子从小需要在一个有爱的环境中长大，如果父母整天恶言恶语地在他面前吵架。这个孩子的心理会有多阴暗，可想而知。”

“那么多孩子不都是看着父母吵架长大的吗？有时候，不吵架反而不正常。”我说。

她摇了摇头，又说：“吵架、冷战，其实都是对孩子的伤害。人的情绪，说是要管理好，但是真到了那个情境下，就会按捺不住想要发火。”

她说，前夫吃完饭之后，总是喜欢把碗筷胡乱一扔，先去看电视或者是睡觉。友人在照顾孩子，让他把能收拾的东西先收拾一下，他一定回答，等友人吃完他一块收拾。简直让友人无法忍受，而且屡教不改。

友人忍无可忍，最终爆发。她记得那次，孩子因为他们的争吵哇哇大哭。

那么小的孩子，就懂得父母在伤害彼此，感到害怕、无助。所以友人可以预期，这种争吵不可能停止。只要他一天不改，她就会忍不住和他吵。

事实上，很多事情，前夫也不喜欢迁就友人，友人也不喜欢迁就前夫。所以，不如早点分开。

她说到这里，又无奈地叹了一口气。

我当然了解她的性格，她是个有轻微强迫症的人，喜欢家里干干净净，东西摆放整齐。她的前夫恰好做不到这一点。

他就像个玩心很重的小孩子，又有拖延症，而且记性也不大好。东西用完，总是不会放回原位。

为此，她尝试了很多办法，他却总是不改进。

她说："我真怕自己还没有到 40 岁，就已经变成了一个唠唠叨叨、人见人烦的老太婆。"

他说："变成老太婆有什么不好，反正女人老了之后总是要变成老太婆的。"

她真的有点伤感，并不是因为他的话，而是因为她发现自己对这个男人的爱意已经消失不见了。

她说："爱一个人，会连他的缺点也一直爱的。我发现我真的已经不爱他了，因为我选择了不去忍受他的缺点。"

在无数个挣扎的日夜之后，她还是选择了和他离婚。

她说："我只有一个要求，希望你经常和儿子见面、通话，保持感情联络。不要让他感觉父亲不存在。"

前夫点点头，忽然感觉有点不舍，问她："你真的不愿意和我生活在一起吗？"

她摇摇头，说："我觉得，我们还是更适合不生活在一起。这样，我们还可以友好相处。"

离婚后的日子，当然并不容易。她需要上班，还要参加会计晋级考试。儿子四岁时，被她送到寄宿学校，花费不少，她也只能摇头叹气。

“其实，我每晚都会接他回家。送去寄宿学校，只是让我自己心里减轻负担而已。我害怕哪天上课太晚来不及接他，这样他就可以安心住在学校里。”

事实上，她却是风雨无阻，每天尽量按时接送孩子上学、放学。父亲母亲见她辛苦，想要替她分担，她却觉得老人辛苦了一辈子，不能再连累他们。

很多人和我说起她的时候，都摇头感慨，觉得她是个女强人。对啊，在很多人看来，她本不应该把自己弄得这样累。有父母可以替她分担，有前夫可以伸手要钱，为何这样苦苦逼迫自己？

她说：“人啊，扮演什么角色，当然应该恪尽职守，好好地努力做好才行。”

我问她：“这么走心的生活，会不会很累啊？”

“当然不轻松，但是也很满足。”她说，“我儿子很健康，心态阳光，乐观向上。虽然小小年纪，已经能看出情商不低，我不用担心他以后在和别人相处的时候会出问题。我父母精神很好，父亲去上老年大学，母亲去参加舞蹈学习班。我只需更努力，过好现在的生活就好。”

我很喜欢去她家，到处都被她摆放上绿色的植物，也有几盆开花的。她将这些东西养得很好，就像她养儿子一样，负责、认真、一丝不苟。

工作不忙的时候，儿子在一旁认真画画，她就冲一壶茶，坐在一株绿植旁边，静静看一会书。无须再向任何人唠叨，也不需跟在谁屁股后面啰唆扰攘。

除了妻子这个身份，其他的身份都被她尽心尽责地做得很好。我想，这已经足够了。

没有人是完美的，也没有人真的可以做到完美。就照着自己喜欢的样子、自己喜欢的方式去生活，又有什么不可以呢？

第三章

为什么你
总是不愿意说“不”

- 对不起，我真的没有义务这么做
- 醒来，从噩梦中醒来
- 请不要靠我那么近
- 做得比别人好已是得罪人
- 那真的不只是一杯咖啡的时间
- 梦想不止，步履不停
- 生命本来就要不断追寻

对不起，我真的没有义务这么做

和杨小猫逛街时，说起帮助人这件事情，想起上个星期逛街时一个同事的言行举止，心里难免有些愤慨。

我说："当时我们一起过马路，谁能料到马路上有个小坑。她穿着高跟鞋，一个不小心，鞋跟陷入坑里，一个趔趄，差点摔倒。她立刻大声朝我吼，'怎么不扶我一下？'"

"然后呢，后来有没有跟她道歉？"杨小猫问。

"当然没有，后来走过马路，她一脸气呼呼的。我们再没有说什么，即刻分手，各回各家。"我说，"我也没有义务跟她道歉吧。"

"你当然无须道歉，该道歉的人应该是这位小姐。为何她遇到地坑，自己不长眼睛，却偏偏怪别人不扶她。难道她还是三岁小孩子吗？"

当然不是三岁小孩，但是现实生活中，真的遇到过许多这种爱发小孩脾气的人。以前和我同住的一位室友，洗完澡绝对不会打扫卫生间，做完饭也绝不收拾厨房。

我提醒她几次，她即刻撅嘴辩解："我和父母一起生活时，一直饭来张口衣来伸手。如今我每次回家，我妈总是把饭菜端到我嘴边。这些事情，我真的想不起来去做。"

"什么事情都要习惯，你多做几次，慢慢就能想起来了。"

她笑笑，但是却绝不改进。听之任之，我又怕自己气炸了肺。装作看不见，我根本完全做不到，于是说出恶毒的话来。

"你妈对你那样，但是别人并不是你妈，你也不会叫别人妈。做人真需要自重！"

当然就这样闹僵了。后来，杨小猫笑话我，说我简直好脾气。

我说："人都会犯错，当然要原谅几次。不然你说换你来做，你会怎么办？"

杨小猫笑一笑，说："不厌其烦，每次她洗完澡，就把拖把递到她手里，请她把卫生间打扫干净。每次做完饭，就把抹布递到她手里，请她把厨房擦干净。"

"非要做到这么无耻吗？"

"当然，和无耻的人还需要说什么脸面吗？"

我摇一摇头，觉得自己无论如何也做不到。但是，我也佩服杨小猫拒绝人的魄力。我记得她带我参加过一个聚会。因为她是摄影爱好者，朋友圈里加了很多同道中人。

这些人聚在一起，自然谈得都是光与影、风景和色彩。但是，也有人好像不是特意为此而来。有位女士自从大家坐下来之后，就开始打量每个人。等谈话气氛稍微热烈了一些，她立刻站起来，开始批评大家的着装打扮。

每个人都被她批评得差不多了，她说："我想不到，一群说自己热爱摄影的人，居然会审美这么差。连衣服鞋子都搭配不好，还谈什么色彩啊。"

的确如她所说，参加聚会的人基本上都是很随意的穿着打扮。不过，有几位的摄影作品也的确是很棒。

杨小猫说："我们是摄影聚会，并不是穿衣打扮聚会。你既然不喜欢，为何不退出这个聚会？"

这位女士看着杨小猫，一脸不乐意地说："我退不退出聚会，关你什么事情。"

"因为你在，影响大家的心情。我觉得你还是离开比较好。"

从大家的表情就可以判断出，他们一致站在了杨小猫的一边。最终，女士讪讪离开。之后，聚会者中有人透露，这位女士其实是杂志编辑，她今天过来是为了挑摄影师。

"那为何先挑剔起大家的穿着和品位来？"杨小猫不解。

"因为这是她惯用的手段，她一向如此，这样才可以压低价格。"

原来是惯犯，只是这次遇到对手。我问杨小猫："你不怕她在摄影圈封杀你？"

杨小猫笑起来，说："她能封杀谁？真正能封杀别人的人，当然不会因为几个小钱用这种小伎俩。分明是给不出好价钱，还不尊重别人。不骂她骂谁？"

后来有人跟杨小猫说，感谢她为他们出了一口恶气。原来，被她欺负过的人并不在少数。只是为了一口饭吃，没有人敢顶撞。

我不免感慨，原来在成人的世界里，说一个"不"字是这样不容易。我想起外婆的一句话，她总是说："一张肉面皮对着另一张肉面皮，怎么好意思呢？"

所以听凭人家使唤，任凭人家践踏，那个"不"字迟迟说不出口。

然而，杨小猫又摇摇头说："那是老人家的观点了，如今并不是这样。"

"怎么不是如此？一个人研究生毕业，老板给他月薪一万，让他站着死，他难道还敢坐着生？"

杨小猫笑着说："前一阵子，我一个做设计的朋友面试新员工。谈完了月薪、假期、年假、加薪这些话题之后，面试的小孩问需不需要加班？这位朋友如实回答，有时客户临时要求更改某项设计，加班是肯定的事情。小孩又问如果加班薪水如何算？这位朋友顿时哑口无言，因为他以前的员工从来没有要求过这种事情。小孩立刻义正词严，拿出劳动法，指出上面关于用工的种种规定。这位朋友事后跟我感慨，今时不同往日，大家遇到不合理的事情，都会即刻说不。"

所以，谁说法制不严密，处处有法可循，就是看看是否有人愿意做冤大头，弄得自己叫苦连天，委屈满满，然后责怪他人、社会。真是何苦！

不合理的要求，当然应该拒绝。比如我与老花去看电影，他看到长镜头，立刻叫苦不迭，直嚷着要看得睡死过去。所以，每次到电影院，大家都会分道扬镳。我去看慢节奏的文艺片，他去看科幻、悬疑片。大家既享受了视觉盛宴，又升华精神，心情亦十分愉快。

何乐而不为！

醒来，从噩梦中醒来

白筱珞告诉我，她最近在考虑分手的事情，已经有一个月了。

“剪不断理还乱！分手这种事情，还是快刀斩乱麻比较好。”

作为一个局外人，我说出话来，当然无关痛痒。白筱珞翻了一个白眼，转眼又哀怨地看着我。

“我真的有点怕，不敢分手啊。”

“你怕什么，到底怕什么。快点去和那个男人分手。”

我的语气已经接近命令。因为在我们的朋友圈里，白筱珞的这个男朋友已经到达了人神共愤的地步。

白筱珞说：“他对我很好的，你们不知道，他有多么温柔体贴。我不喜欢的事情，他一件也不会做。我生病了，他就算加班到很晚，回来之后，也是衣不解带地照顾我。”

这些话，我们已经听得有些腻烦了。有几个男性朋友就曾经对白筱璐说，如果有女人心甘情愿地养着自己，就算上刀山下油锅，他们也会不眨眼睛。

白筱璐说："那是他家庭困难啊，他父母需要他赚钱养。如果我再不帮他分担一点，还要靠着他养，他不得累死了啊。"

这是热恋中的白筱璐说过的话。那时候，我们作为局外人，看着她痛痛快快地跳入了"火坑"里。我提醒她应该冷静考虑一下，然而，多巴胺这种东西的分泌是自己根本不能控制的。对于一个热恋中的女人来说，别人的话是耳旁风。

在他们恋爱的两年中，白筱璐的账单与日俱增。热恋的温度总有退去的时候，白筱璐审视着手里的各种账单，心里不免有些难过。

她说："桐桐，人家交男朋友，大概无须花我这么多钱吧。"

"是你自己愿意花的。我们眼睁睁看着你把钱丢入火坑中，拉着你，你还说我们多管闲事呢。"

我埋怨她自作自受的时候，心里当然也替她感到难过。但是，有什么办法呢，钱都已经花出去了，难道还厚着脸皮要回来不成吗？

"算了，"白筱璐跺一跺脚说，"花出去，我再赚回来不就行了吗。"

嘴巴上这样说，但是看着与日俱增的账单，白筱璐的心里还是有说不出的难过。她男友的父亲生病，他从她那里拿走了一万多。后来，他的一个堂妹来北京找了半年工作，吃住都和他们在一起，当然所有的费用都由白筱璐承担。

终于有一天，白筱璐忍不住问男友："你把你的工资都寄给你父母了？"

"当然，我怎么会骗你。你知道我们家困难，我父母培养我读书不容易。我不是和你说过吗，我要把他们供我读大学的钱都给他们。”

男友一脸的决绝，白筱珞当然不能再说什么。她想，自己是爱这个男人的，怎么可以不支持他做自己想要做的事情呢。

直到有一天，罗响打电话给白筱珞说：“小白，我看见你男朋友和一个女的在餐厅吃饭呢，你怎么没有一起来？”

说完，他还把吃饭的照片发给了白筱珞。照片上，白筱珞看见男友神情温柔，坐在他对面的女士，笑得像春花般灿烂。

后来，朋友圈里的人基本上都知道了这件事情。大家都怀疑罗响根本是故意做了这件事情，他曾经全心全意地追求过白筱珞，但是遭到了无情拒绝。而且，白筱珞的男友还差点动手打了罗响，并警告他不要再缠着白筱珞。

白筱珞找我去喝酒，醉得一塌糊涂，一边吐，一边哭。我站在那里，一边替她撩着头发，防止呕吐物沾到头发上，一边给老花打电话，让他在网上帮我们找一家最近的旅店。

第二天一早醒过来，白筱珞的脸和眼睛都是肿着的。不过，她的神智倒是很清醒。醒来的第一句话就是：“我要和他分手！”

我心里正在谢天谢地，却见她又哭起来。过了一会，她才抽抽搭搭地跟我说：“桐桐，我想我今后再也找不到像他那么温柔体贴的男人了。”

“你的意思是说，这种所谓的温柔体贴、言听计从，并不是你拿钱换来的吗？”

我知道我也许有点残忍，对于伤口还在流血的白筱珞，我本来不应该再撒把盐。其实，我的确是想要给她的伤口撒一点云南白药的，只是怕她很快好了伤疤忘了疼。

后来，白筱珞问男友："你真的把我的钱拿去给那个女人买衣服买鞋子了吗？"

男友坚决否认，并发誓他和那个女人真的没有关系。他苦苦哀求白筱珞不要和他分手，他解释了很多，说了很多理由，不断地回忆他们在一起的时光，说那些快乐的往事。白筱珞的心又软了下来，她还是没有说出分手。

和白筱珞大学同窗四年的袁晓慧，因为愤恨白筱珞的行为，觉得她实在没骨气，决定跟她绝交。并在朋友圈里发了一条消息，告知大家，如果白筱珞不和那个男人分手，以后便不再理会白筱珞。

白筱珞跟我说："桐桐，我真的很难过。"

我说："我也很难过，我难过你为什么要这样葬送你自己。"

我想起古龙写李寻欢劝阿飞离开林仙儿，他努力地告诫，不断地警示，为此还做了很多牺牲。然而，阿飞还是决定跟林仙儿在一起。他认为，林仙儿是他今生的挚爱，他无论如何也不能离开她。

我把这个故事告诉白筱珞，她问我："阿飞最后还是离开了林仙儿了，是吗？"

"是的，他离开了。他说，他终于想通了。"

白筱珞捂住脸，她不知道该怎么办，她说："我如果就这样和他分手，以后遇到的人一定就会比他好吗？会不会比他更无耻、更混蛋？还有，我付出的爱、青春、金钱，通通都该怎么办呢？"

原来，她早已经深深陷入分手的泥沼，无法自拔。各种顾虑纠缠在一起，将她不断地向下拉。

我问她："白筱珞，你从小学到高中，又读四年大学和三年研究生。请问，你现在想要做的工作，是不是你的理想？"

她抬起头看着我，摇了摇头。

“那么，你为了理想不断奋斗，青春、时间、精力和钱财，付出的何止是这段恋情的 10 倍。你依然没有到达理想，岂不是应该自杀谢罪？”

白筱珞看着我，眨眨眼睛又眨眨眼睛，然后说：“我想，我的确是走进了死胡同里了。”

一个星期之后，她从他们一起住的地方搬了出来。她说：“我发现，我越快走出来，损失的就越少。”

她终于坚决地说了分手，然后发现前男友很快就和照片上吃饭的女人住在了一起。原来，他们已经在一起半年多了。

罗响后来跟白筱珞开玩笑说：“你得感谢我，不是我，你哪懂得什么止损率啊？”

白筱珞告诉我，分手一段时间之后，前男友还是会给她发消息，从微信上找她，向她诉说种种想要复合的心情。他说他其实一点儿也不喜欢现在的女友，觉得她像个孩子一样，不但花他很多钱，什么事情还都需要他操心。他说他真的很累，诚恳地承认错误，希望白筱珞能看在他爱她的份上，再回到他身边去。

我听着她诉说，心里七上八下的，害怕她控制不住自己，又转身回去继续做被虐待的角色。谁知她却在几天之后，换掉了以前所有旧的联系方式。

她说：“我真的已经想通了，从噩梦中醒来之后，谁会愿意再回去！”

原来她真的已经转了身，慢慢地走了出来！

请不要靠我那么近

大宇最近相亲认识了一个女孩。据他的描述，女孩各方面都很不错，但是他却忍不住想要和她分手。

说这话的时候，大宇正在看着手机。他的手机嗡嗡作响，在桌子上不停地震动，杯子里的水都快被震出来了。

我实在忍不住，把他的手机拿起来。他大叫一声："别动，千万别接！"

我看了看手机上的来电显示，是一个女孩的名字。

"就是那个相亲对象吧，你怎么不接人家的电话？我的天啊，你有 30 条未读微信消息！"

我把手机递到他面前，吃惊地看着他。大宇垂头丧气地坐在那里，一脸的愁云惨雾。他看着手机，这会儿手机的震动停止了。他扬了扬手机，对老花说："老花，把我手机放在你们家冰箱里吧。"

老花瞅他一眼，说："那我们家冰箱里的东西还能吃吗？"

"要不扔洗衣机里得了！"我在一旁提议，"或者马桶也可以。"

大宇一副"随便你们怎么办，最好就是不要让我再看到手机"的样子。老花在刷朋友圈，忽然大叫起来："哎呀，一个叫番茄花的要加我，备注是'我是大宇的女朋友'。"

大宇忽然夺过老花手机，说："你不能加她，她进了我们的朋友圈，我就彻底没有任何隐私可言了。"

"大宇，既然人家这么想要认识你的朋友，你就带她出来跟我们见见面好了。你不会一边跟这个女孩约会，一边还出去相亲吧？"

"桐桐，你说话要负责任。我是那种人吗？我要是真有那两把刷子，也不至于到今天还没有娶到一个姑娘。"

"这不是现成有一个姑娘等着你娶吗，你还不接人家电话，不回人家微信，你要闹哪样啊？"

我说完，看着大宇，不知道他葫芦里卖的什么药。过了一会，他的手机又嗡嗡嗡地震动了起来。他看了看手机，直接挂断了之后，回了一条消息："我稍晚再给你打电话，现在有点事。"

到底有什么事情呢？不就是跟我们一块吃个饭吗？我们都看着他，等着他的解释。

他说："我总算可以喘口气了！我最近最恨的一个词就是亲密无间了。"

我们都知道赵大宇算是一个慢热的人。但是对于一个谈恋爱的人来说，慢热往往会引起对方的误会。尤其是一位慢热的男性，会让女性一方直接质疑自己的魅力。

"赵大宇，你如果不喜欢人家姑娘，就直接挑明吧。干吗用这种不主动、不拒绝、不负责的态度伤害人呢！”

我有些替这位姑娘气不忿，却看见赵大宇紧皱眉头叹了一口气。

“你知道吗，我一天 24 小时，除了吃饭、睡觉、开会，剩下的都是她。隔个三五分钟，她就给我发一条微信。她所有的喜怒哀乐都要跟我分享，她所有的兴趣爱好都要我知道。她让我回答她的每一个问题，让我喋喋不休地跟她说明我的一切。”

“恋爱不就是这样吗，不然怎么叫恋爱！”

听了我的话，赵大宇翻了一个白眼，转脸又认真地问了我一句：“你说这话，良心真的没有遭到谴责吗？”

“那个，恋爱需要了解彼此啊。”

“难道真的需要靠得这么近，一点空间都不留给彼此吗？我真的感觉有点窒息了！再这样下去，我肯定会分手的。”

赵大宇愁眉苦脸地叹息着，显然他不想分手，但他无论如何也不好意思对一个热恋中的姑娘说出“请你给我一点空间”这样的话来。

其实不仅赵大宇说不出来，很多人都说不出来。可是，事实证明，那种黏在一起，没有一丝独立空间的感情，真的会让处于这段感情中的人都受到很大的伤害。

距离产生美，这句话的确很有道理。但是，要是执行起来，却又是那么的困难。

记得小时候，我有一个非常好的玩伴。我们上学放学都是一起，她有事情都会告诉我，我也一样会告诉她。那个时候，我妈曾经用一句话来概括我们的友情，那就是“好得恨不能穿一条裤子”。

我只能说，因为我们身高体重不一样，不然也说不定会买一模一样的裤子穿。但是有一天，她爸爸打电话到我家告状，说我带坏他们家孩子，就那样狠狠地骂了我妈一顿。

我妈问我：“你为什么要借钱给她，让她去买科幻杂志看？”

我不想说话，我觉得我被最好的朋友出卖了，并且连累我妈受了极大的侮辱。我背上背着黑锅，两肋还插上了两把刀。

后来，她到学校跟我道歉。然而，我并没有原谅她。我坚定地认为，借给她钱这件事情我并没有做错。她要看科幻杂志，作为好朋友，我当然得支持。何况，我们还是那么要好的朋友呢！

她看科幻杂志，我看古龙小说，这是我们俩的秘密。我们为彼此守护秘密，发誓谁也不会告发谁！然而，她不但没有守好自己的秘密，还拉我做她的替死鬼。

许多年之后，当我听到“最信任的人总是伤你最深”这句话时，心里还是忍不住难过。没错，从那件事情之后，我们再没有任何往来。从亲密无间的朋友，直接走到了陌路。我想，那些所谓可以冰释前嫌的人，大概还是曾经在彼此之间保留了一些空间，让他们能够原谅彼此吧。

工作之后，我也曾听人跟我说起过他们的朋友，说有一些人最喜欢散播朋友的秘密。你和他熟悉了之后，你所有的事情他都会知道，他变成了你最权威的发言人，你的所有事情他都会添油加醋地告诉全世界。

你同他翻脸？没关系，反正你的秘密他已经全部知道。剩下的，也只是等待受到的伤害是多还是少而已。

所以，我当然明白赵大宇不想跟那位姑娘黏得那么紧密的原因。真的是因为恐惧，黏得越紧密，伤害便会越深，越疼！最重要的是，反目之后，姿态奇丑无比，令人不忍直视。

后来，赵大宇还是直言告诉姑娘，他需要一点空间，也希望他们彼此之间可以像《半糖主义》那首歌里唱得那样去相处。然而，还是遭到了拒绝。姑娘表示，如果不黏在一起，就不像恋爱，就感觉不到爱意。最终，赵大宇也只能与她分手。

我想，也许这个世界上永远有些人不喜欢有空间，就像两只刺猬一样，尽管抱在一起扎得彼此鲜血淋漓，可为了拥有短暂的快乐，它们也愿意。然而，那些懂得给相处留出距离的人，显然可以握住彼此的手，走得更远更好。

这辈子
我要活得
酣畅淋漓

做得比别人好已是得罪人

朋友毛小利在娱乐圈做记者。托他的福，我们也经常会听到一些有趣的传闻。比如，有一次我们聚会的时候，说起国内的各种影视作品，毛小利咳嗽了一声，清了清嗓子。大家知道他有话说，都闭嘴停箸一起看着他。

“其实也有很多人想要或者是认认真真地拍过几部作品的。”毛小利说。

我们当然都觉得不服气，觉得他是给自己混的圈子找面子。他摇摇头，说：“大概还是在我们上中学的时候吧，有个导演拍了一部片子，是当年的收视冠军。”

“你这么说就不对了。那么多年前的片子，根本不应该拿到现在来比。现在观众每天看各种国内国外的电视剧，都看不过来了。你说的那个片子拿到现在，说不定根本没人看。”林大周不屑地看着毛小利说。毛小利没有说话，从包里掏出平板来。原来，他已经备好了现成的资源。

“你敢不敢现在就看两集？”毛小利一脸挑衅地看着林大周。

“看就看，有什么了不起的。”林大周接过平板，认真地看了起来。结果一看就看进去了。

后来，他追着毛小利，让他再推荐几部类似的片子。毛小利摇着头说：“没啦，就这一部。这个导演拍完这个，就没有再进军电视剧市场。”

“为什么啊？这也太可惜了！”林大周捶胸顿足起来。

毛小利和我们描述这位导演的经历，说他原来是拍电影的，后来拍了这么一部电视剧。因为制作精良，演员和剧本又是难得的好，结果遭到同行唾骂。有人指责他没有良心，有人向他诉苦，说要是都这么拍电视剧，大多数人都会没饭吃的。

“后来他就退出了，决定不再拍电视剧！”毛小利说，“因为做得好，遭到嫉妒，伤了朋友之间的和气。导演大概觉得没有必要吧。”

毛小利热爱这位导演，因此尽量在感情上维护他。不过，也许正如他说得那样，因为做得太好，得罪了很多人，所以这位导演最终选择了不再坚持自己的东西。

然而，现实生活中，也有人对抱怨、嫉妒和诋毁并不在乎。据说，一位美国的编剧看到电视剧的网站上有观众骂自己的剧本，指责他故作清高，写出晦涩难懂的故事，毁了电视的娱乐性。

这位美国编剧回答说：“如果你们觉得晦涩难懂，觉得失去了娱乐性，那也是正确的。因为我本来就不想娱乐，况且，我的这部电视剧也并不是写给你们看的。”

电视剧还在持续播出，让人没有预料到的是，收视率居然越来越高。人们像是发现了新大陆一般，纷纷加入到收视群体中。

这样看来，如果“好好先生”想要做成一件事情，真的是不大容易。别说做好事情之后的非议要勇敢去承受，就是在还没有做事之前，“好好先生”都会先将需要避讳和得罪人的地方想一遍，如此再看，根本没办法下手去做。

想起一位做广告的朋友，曾经跟我吐槽他们公司的平面设计师。

他说：“真是没见过这种人，头发不修整，还整天油腻腻的。常年穿那种格子衬衫，还经常不洗澡，身上散发怪味。害得我们整个办公室的人都遭殃。关键是，他还不爱搭理人。人家和他说话时，他经常不理会。我们把这件事情告诉HR，由她去跟领导沟通。希望领导提醒之后，他可以改进这些毛病，别让空气再遭到污染了。”

“那么，后来领导和他说了之后，他改进了吗？”

“当然没有改，不然我也不会现在跟你吐槽了。最奇葩的事情，你肯定猜不出来。领导提醒他之后，见没有收到效果，结果，只能将他单独放在一个小办公室里。”

领导这样厚待这个设计师，皆因为他才华过人，将公司网站平台设计得吸引眼球。每天盯着那么多的点击率，领导哪里还舍得处罚他。

“因此，他根本不用理会你们的投诉，也无须在意是不是味儿太大熏晕了你们。他只需做好他的事情，就足够战胜你们的叨扰。”

我说完，笑着看朋友。他气得挑了挑眉毛，说：“这根本不是职场礼仪，就为这个，你知道我们部门有多少人一提起他来，就恨得牙痒痒的。”

即使恨得牙痒痒，气得直跺脚，他的成绩却有目共睹，因此他不惧怕得罪这些人，更不害怕他们去投诉与吐槽。大抵很多在某方面有着特殊才华的人，都会有些怪癖，与常人有异，因此会遭到排斥、嘲笑甚至鄙夷。加之他们真的做出了很好的成绩，于是又加一条“妒忌”。

于是有人会说：“真是令人想不到，那样一个人，竟然能做出这样好的东西！”

哪样一个人呢？据说，乔布斯先生在公司里是出了名的专横、霸道、不讲理。但是，苹果卖得全球热腾腾，却没有一个人投诉他脾气坏。

我想，他的对手一定在私下里不少诋毁他。那样一个人，简直就是暴君嘛，怎么能做出那么好的东西来？简直撞了狗屎运了。

没错，不相信之外，又加了一层嫉妒。如果是“好好先生”，恐怕早已经受不了这些非议，又怕因为怪癖得罪身边的人，早早收手了。

可是，那些做得好的人，他们根本无暇顾及这些。为了坚持自己的理念，他们总是毫不犹豫就说出了那个“不”字。

这辈子
我要活得
酣畅淋漓

那真的不只是一杯咖啡的时间

简小希在很长一段时间里都忘不了那个阴冷的冬天。

加班离开公司之后，天空飘起了雪花，她看了看手表，已经是晚上的八点二十分。她孤零零地站在公交车站，看着不远处公司大楼驻扎的那栋写字楼，依然灯火辉煌，简小希心里忽然寂寞起来，因为要进行一个项目，她从公司被临时调到这个陌生的城市。

离开之前，好友问她："要去多久？"

她说："最少一年半时间。"

"在一个人生地不熟的地方待那么久，该多寂寞啊？"好友这样感慨。

简小希说："没关系，尽心尽力工作就好了。反正像我这样的单身人员，永远是公司的救火员。哪里需要我，我就得去哪里。我呢，就当磨炼自己好了。"

简小希是那种天生乐观的人，总是喜欢把事情朝好的地方想。给她一点点希望，她就能为自己预设一个非常美好的未来。

雪越下越大，已经过了二十多分钟了，公交车依然没有来。简小希看看地上的积雪，走到路边，想要打一辆公交车。

公路上的车辆也很稀少，没有出租车的影子。倒是有几辆黑车停在不远处，有人还热情地招呼她，问她要不要打车。在一个完全陌生的地方，简小希警惕性提到最高点。她笑着摇了摇头，拒绝了黑车司机的邀请。

忽然，一辆车停在她身边，车窗摇下来，简小希看到一张熟悉的脸，是这次项目的负责人卫雨。他微笑着，眼镜片后面的目光尽是亲切。

“小希，怎么还没有打到车吗？”

简小希笑着摇摇头，说：“这里的公交车挺难等的。”

“来，上车。我送你。”

“不用了，卫总，你也不顺路。”

“顺路的，我正好要去一家你们那边的咖啡店里买一点咖啡豆。”

简小希坐上车，说：“没想到卫总喜欢自己磨咖啡。”

“这个习惯有七八年了，我喝不惯速溶咖啡，觉得煮的最好喝。”

简小希没有说，她自己也最爱这种现煮的咖啡。她一向不大喜欢向陌生的男士透露自己的兴趣爱好，何况这还是公司的领导。

不过这个卫雨在公司里的口碑很好，积极上进，人又聪明活泼，而且不像那些结了婚之后，就开始浑浑噩噩地混日子的中年男性，卫雨依然保持良好的身材，据说他是慢跑爱好者。

其实，总公司安排的临时住处离项目办公地点并不远，坐公交车也只需要半个小时。如果不堵车，十多分钟也就到了。卫雨停下车的时候，简小希心里想：“怎么这么快啊！”想完，她不免有些吃惊，不知道自己为何这么想。

“小希，要不要喝杯咖啡暖和一下再回家。”卫雨问她。

那家现磨咖啡店就在她住处的楼下，咖啡香味阵阵飘过来，简小希忍不住点了点头。后来，当她停下来回想事情经过的时候，才发现从上车的那刻开始，她就掉进了卫雨温柔的陷阱。那时候，那个阴冷的冬天，卫雨的温暖和柔情让她仿佛提前走进了阳春三月。

桃花就这样一朵一朵地在她身边盛开，简小希忽然觉得那满是阴云的天空竟然是前所未有的美丽。

第一场雪过后，太阳占据了天空，地面的积雪融化干净的时候，简小希有点恍惚，不知道她和卫雨之间的感情究竟是梦是幻。她忍不住，还是将事情告诉了好友。

好友立刻出声警告她：“简小希，你不应该这样做。你说过，你只是去那边工作的。”

“我知道啊，我们只是喝了一杯咖啡而已。我也不知道事情怎么就这么开始了，我真的不知道该怎么办？我真的很喜欢他。”

“他已经结婚了，你不知道吗？你为何不拒绝他？”

为何不拒绝？简小希自己也不明白。或许，如果她明白的话，也就不会那样开始了。她反过来安慰好友说：“我只是在这里待一年半，一年半之后，我离开这里，我们的感情也就结束了。”

她的这番话，简直让好友哭笑不得。

“简小希啊，简小希，你莫要这样安慰自己，好不好？请你立刻马上斩断情丝，回到你该回的位置。”

好友厉声警告，可是简小希已经变得身不由己了。卫雨的每一个电话，她都一定会接。他每一条微信，她都一定会好好回复。

他同她说，他一定会离婚，希望她可以等他。她知道卫雨和妻子并没有孩子，他想离婚也不是不可能。卫雨告诉她，他会努力想办法调去总公司，这样他们就可以在一个城市里。

无数个夜里，简小希的眼前都展开了美好的未来。有时，想象的未来太美好，她的心里也有罪恶感。但是，她爱卫雨。她想，爱一个人是一件多么难得的事情啊。

不过，让简小希万万没有想到的是，公司一纸调令下达，半年之后，她又回到了总公司。她心里又气又急，找到总监办公室。

总监温和地说："小希，你还年轻，很有才华和潜力。董事长不忍看你泥足深陷。"

她并不知道，卫雨的妻子一封邮件递到董事长邮箱，投诉简小希勾引她丈夫，破坏她的家庭。简小希知道，总监知道这件事情之后，之所以没有让她辞职，还是有些偏袒她。

总监说："这种事情，双方都有过错。以后，你安心在这边工作，那边的事情，我派别人去。"

分开两地之后，简小希给卫雨打电话，发现他总是不接。很久之后，他才回复了她一条微信。

"小希，我们的事情，让我再考虑一下。我父母年纪已经大了，想要带着他们离开这座城市，跟着我去一座陌生的城市生活，毕竟不是一件容易的事情。"

入情入理，说的都是人之常情。简小希心里难过，她看看公司窗外晴空当日，忽然渴盼一场大雪，让所有的一切都静止下来。

后来，简小希总是会回想起那个夜晚，那双温暖的眼睛，浓浓的咖啡香。人们总是说，在错误的时间遇到对的人，她终于知道那是一种什么样的感觉，好像一座被拨慢了几个小时的时钟一样，总是停留在那慢下来的几个小时里。

终于，她还是写了辞职信，递给了总监，离开了公司。她取下心里那座时钟的电池，让它完全停下来。

她知道，那杯咖啡带来了错误的时间，而她需要同它告别，她必须重新出发……

梦想不止，步履不停

吕伟第二次创业失败的时候，最终进了医院。这一次，在医生的强制命令下，他不得不在医院住一个月。就在他住院期间，妻子递来了离婚协议书，她告诉吕伟，自己不愿意为他那么多的债务埋单。

吕伟无法责怪妻子，这么多年来，他创业失败两次，第一次卖掉自己的房子，而这一次还债台高筑。他签了离婚协议书，独自承担债务。

他对妻子说："我对不起你，希望你找到一个好人，好好生活。"

就这样结束了五年婚姻，却结束不了那要债人的电话。出院之后，吕伟为了还债开始四处寻找工作，生活一度陷入困顿。那个时候，没钱吃饭，他便买一瓶二锅头，饿的时候喝几口，然后迷迷糊糊睡去。第二天一早起来，继续投入滚滚人流寻找工作。

那时候，他想着，只要有一口气，他便要努力突围。这些困扰他的债务，阻挡他的苦难，他总有机会打倒它们。

可是，日子一天天过去，他始终没有看到希望。最终，他来到一家建筑工地，做起自己最熟悉的泥瓦匠。吕伟不知道命运是不是在跟他开玩笑，他初到这个城市就是做泥瓦匠。转了一圈，又回到了这个原点上。

在工地上做了三个月，每天都是风尘仆仆、大汗淋漓。不过也不是没有好处，那就是夜晚降临，他总是什么也不会多想，因为躺下便可以睡熟。工地的工程快要结束的时候，吕伟的一个老朋友联系到了他。

朋友开出租车公司，对他说：“我这里有一个分部要管，你愿不愿来？”

吕伟就这样又去了朋友的公司。有时，他也会要一部车，自己开出去载客人。

朋友说：“老吕，何必这么拼命？债可以慢慢还，把身体弄垮了，罪还是要自己受的。”

吕伟笑笑说：“早还完可以踏实一点。”

他经常会开晚班的车，回家的时候，常常也得十二点之后。早上为了配合公司调度、开晨会，他又得早早到公司。朋友看在眼中，知道吕伟性格倔强，也没有再劝他。

有一天下午，吕伟开车将一个客人送到宾馆，就在他要开车离去的时候，从车子的倒后镜中看到一个老人正在颤颤巍巍地拍车门。

对于一般司机来说，这样的乘客他们是不会接待的。因为实在不知道会出什么样的事情。吕伟下了车，那个老人还在拍车门。

吕伟问：“叔叔，您要去什么地方？就您自己一个人吗？”

老人说：“我感觉心脏不舒服，请你送我去医院。”

吕伟呆了一下，看着老人的脸色的确不大好。他赶紧打开车门，扶老人上车。没有多想，就这样飞驰去了医院。

因为送治及时，老人脱离生命危险。吕伟一直陪在老人身边，待老人醒过来，他才问：“叔叔，我来帮您通知家人吧？”

老人摇摇头，说：“我只有一个女儿，还在国外。你通知她，她也不能及时赶过来。”

吕伟听到这里，心里酸楚起来。他想起父亲去世时，自己忙着创业，也没有送父亲最后一程。他想了想，决定陪在老人身边，直到老人康复出院为止。

一个星期之后的一天，吕伟回家换衣服。当他再回到医院的时候，护士交给他一封信，是那位老人留给他的。他看了看信纸，上面只有几个字，字体苍劲有力，写着：小伙子，多谢你。

吕伟笑了笑，将信折好放进口袋，继续回去上班，调度、查岗，开着晚班的车子重新上路。一个又一个乘客来了又走，债主的电话也一个接一个地打来又挂断，日子就这样过去了一个多月，吕伟又见到了那位老人，这次，老人是站在出租车公司的门口。

他说：“小伙子，我是专程来感谢你的。”

吕伟说：“叔叔，您不用那么客气的。您身体不好，干吗还跑过来。”

老人笑着摆摆手，要求吕伟请他吃饭。吕伟也没有推辞，带着老人去了一家小饭馆。两个人边吃边聊，直到吃完这顿饭，吕伟才察觉，自己什么都交代了，他的失败，他的失意，而对于老人的情况，他却并不了解。

老人问："小伙子，你现在还害怕失败吗？"

吕伟说："如果说不怕，那有点儿骗自己了。"

老人笑了笑，说："如果再给你一个机会，你还愿意重新开始吗？"

吕伟看着老人，发现他神情严肃。吕伟低头想了想，叹口气说："不知道我还会不会有这样的机会。如果有，我还是愿意试一试。"

老人拿出自己所有的存款，并且抵押了房产支持吕伟。

他说："小伙子，你是个痛快人，不输给年轻时候的我。如果那天你没有救我，我这条老命就交待出去了。现在，我也算是死过一次的人。咱们爷俩再拼一把。"

吕伟记得，那天他喝醉了，号啕大哭了一场，将心中压抑许久的委屈统统哭了出来。在老人的支持下，他的第三次创业就这样开始了。

他知道，这一次他没有退路。老人为他赌上身家性命，他不能辜负。

公司初创阶段，他就住在公司，没日没夜地开会，联络客户，查看项目文件，和下属沟通。夜深人静时，办公室只剩下他一人，他站在窗前，看万家灯火，没有丝毫睡意，想起那些喝二锅头助眠的日子，他心中长出一口气。

现在，他又重新上路，生活依然很苦，不知道何时才能熬过去。但是，心中却充满了希望和憧憬，好像是一个重新获得生命的人一般。吕伟想，一切都是值得的。所有的那些苦难，不过是为了让他有朝一日破茧而出。

他带着他的团队不断开拓，有时，项目进展会不顺利，有时会遇到意想不到的阻碍。吕伟从来没有计算过三年中遇到了多少困难，经历了多少坎坷。可是，他还是都挺了过来，终于获得了成功，没有辜负老人支持他的一片苦心，也告慰了自己不屈服的内心。

他获得杰出青年荣誉称号，被邀请去发表演说。站在主席台上，他看到老人远远地坐在观众席上向他微笑。吕伟笑着，轻轻点了点头。

他想，如果有人问他是不是对得起自己受过的苦难，他一定可以信心十足地答一句“对得起”。因为在追求梦想的路上，尽管遇到风雨阻隔，但他从来步履未停。

生命本来就要不断追寻

解羽的事情，我是从老汪那里听说的。老汪有个项目，正好是和解羽爸爸合作的。因此，对解羽的故事也就了解得更多更真实一些。

他说这个十八岁的少年，读到大学二年级便辍学了。气得他爸爸暴跳如雷，他还笑嘻嘻地说：“爸，我没说要继承您的事业，您最好有心理准备。”

他爸大发雷霆，把桌子拍得震天响，说：“你小子有本事跟我断绝父子关系。”

解羽笑嘻嘻地说：“法律上是可以断绝，实际却断绝不了。”

他爸无可奈何，就这么看着他背着包去西部做了两年支教。两年时间不算长，解羽却没有回过一次家。他妈妈不放心，千里迢迢赶去看儿子。到了学校，差点没有认出他来。

那时候，他正跟一群孩子在操场上踢足球，人变得又黑又瘦。解羽妈妈的眼泪忍不住掉下来，她劝儿子说："小羽，你跟你爸爸认个错，咱们回家吧。"

解羽帮妈妈一边擦眼泪，一边安慰道："妈，我和爸爸没有隔夜仇。他老人家只怕早就原谅我了。还有，我在这里挺好的。我支教时间未满，不能放下孩子们走的。"

解羽妈妈最终还是没有劝服儿子和自己一起回去。她留了一些钱给解羽，却被推辞了。解羽说："妈，我能求您一件事儿吗？您看我们这里的孩子，缺很多像样的运动器械，您回去动员我爸的那些朋友，让他们拿出一些钱，给孩子买点体育器械。"

妈妈有点儿为难，但还是答应了儿子的请求。谁知回去跟解羽爸爸一说，却遭到了拒绝。

解羽爸爸说："他小子不是有能耐吗？有本事自己买啊。"

解羽明白父亲用的是激将法，不过他还是想到了办法，完成了给孩子们购买体育器材的愿望。

支教结束的时候，解羽回了一次家。人依然是又黑又瘦，母亲做了一顿好吃的，他吃完拍拍肚子说："还是妈妈做的饭最好吃。"

他爸爸站在一旁，斜了他一眼说："谁让你自己没事跑那么远，活该受罪。"

他笑着说："爸，我下面还有一个项目要做，您要不要投资一下？"

他爸抬眼看着他，说："跟你小子合作项目，不是有去无回吗？我辛辛苦苦赚来的钱，干吗浪费在你身上。"

解羽点点头，笑了笑，转身回屋收拾衣服。母亲看他又要走，赶紧给丈夫使眼色，让他劝住儿子。老解气得又发了脾气，说：“你养的儿子，我管得了吗？”

解羽这一次是应朋友邀请，加入了一个越野车队。车队需要拉练，还是得去遥远的大西北。他跟着车队一个星期，就发现车队资金紧缺，走的人越来越多。

朋友倒是也不瞒他，说：“我拉你进来的意思，就是想让你想想办法，帮我们筹点儿钱吧。”

解羽了解到，这个车队还负责一个公益项目。如果车队就这样解散了，那个公益项目也没办法再做下去。去找父亲借钱，肯定不会得到他的支持。解羽咬咬牙，去找一个朋友。

这个朋友正在经营一家科技公司，解羽将自己大学开发的一个软件拿出来，说：“我卖给你了。”

朋友吃惊地看着他，说：“这不是你的宝贝吗，你怎么舍得卖啦？”

他说：“我等着钱用，我需要一大笔钱，你能付给我吗？”

朋友想来想去，最终还是买下了他的软件。一次性买断，解羽心里不是不心疼。但是，解决了车队的燃眉之急，公益项目也得以顺利进行。

然而，要养着一支车队，并不是一件容易的事情，何况，这个车队还负责公益项目。解羽觉得自己必须想办法解决这个问题，捷径倒是有，就是回到父亲的公司，做一个企业继承人。为了自己的兴趣爱好，真的要放弃自己向往的生活？想来想去，他还是放弃了这个想法。

正好，有个大学同学在做软件研发项目，解羽加入了他的团队。

对于软件开发，他一直有自己的想法，这一点在大学时期，就已经是出了名的。朋友的团队有了他，便如虎添翼。解羽也不客气，直接说明来意。

他说："先礼后兵，我要说清楚我身后有个车队要养着，我爸那边我也拿不到钱。"

朋友点点头，说："行了，你就安心做开发吧。我想办法给你们车队拉广告。"

就这样又过去两年，他们的软件投入市场，反响倒是很好。有风投公司立刻联络他们，给出令他们满意的投资金额。

科技团队在扩张，车队人员却在流逝。解羽这才慢慢体会到，要完成梦想，还需要走很长的一段路。他埋头默默前进，褪掉张扬和浮躁，只想着让团队朝更好的方向发展。

此时，老解却找到儿子，说："爸爸也想转型，不如入你们一股？"

解羽笑笑说："老爸，我们的创新理念会让你受不了的。到时你半路撤资，我们该怎么办呢？"

老解笑了笑，说："你小子什么时候学会这套了？"

解羽说："我的意思是，落子无悔！"

作为股东之一，解羽同父亲谈合作，这是他生命里第一次，也是最后一次。老解欣喜儿子的成长，解羽也明白，从此之后，他又多了一个需要负责的投资人。

后来，一家科技杂志的记者采访他，问他："很多像你一样的人，都选择了继承家族企业，为何你会选择一条漫长迂回的路？"

他说："说漫长迂回，倒也没有那么漫长。每个人都有自己喜欢的生活，我只是想让自己的人生有趣一些，快乐多一点。"

这辈子
我要活得
酣畅淋漓

我听老汪说完解羽的故事，感慨解羽是个努力的富二代，更深知老汪其实是个通达聪慧的人。因为，他一早就知道，生活本身就是一种乐趣，生命贵在追寻。

第四章
谢谢那些离你而去的

这辈子
我要活得
酣畅淋漓

你爱的那个姑娘终于成了别人的爱人

我的朋友大木，每次参加婚礼，在新人快要念誓词的时候他总是起身离开。那段时间，他用参加婚礼来治愈自己，却又害怕听到甜蜜的誓言。

“妈的，”他站在礼堂外骂一句，“这么假的东西，你们也能听得下去。”

我们都默默地站在一边，不跟他搭茬。大家都知道，因为丁岚的离开，他没办法走出情伤。于是，只有拼命工作，然后疯狂参加朋友、同事的婚礼。

老花曾经私下问过我：“丁岚为什么要离开呢？大木眼看就要成功，她的煎熬也眼看就要结束。”

我说：“有位知名企业家说，很多人都是死在了黎明到来的前一刻。丁岚怕大木也会这样。”

但是，他终于还是成功了。虽然公司不是很大，但是已经稳稳地靠岸。大木决定要继续努力，将小船改造成一艘舰艇。

我劝他："大木，也许你应该给丁岚打个电话。"

"为什么？让她回来坐享其成？"他看着我，一脸的无情无义。

"什么叫坐享其成？你说得真过分。难道人家没有替你分担过痛苦吗？不要说这种狗屁不通的话。"

他哼了一声，斜眼睛看了看我说："哪儿凉快，你去哪儿待着吧。"

电话终究还是没有打。他每天依然过得日夜颠倒，带着队伍不断向前进。有一次，杨小猫问我："桐桐，我打赌说大木根本没有忘记丁岚，你信不信？"

"你有什么证据？"

"有一天，我去他公司找他。看到他对着一个杯子出神，后来我才知道那个杯子是丁岚买给他的。去年的生日礼物。"

去年，那个时候，他们还在一起。丁岚每天过得都很艰难，因为她父母催着她赶紧回家相亲，一遍又一遍，简直恨不得从电话那头把她拽回去。

我已经记不清楚，丁岚在我的面前哭过多少次。大木忙得根本没有时间理她，他总是很晚很晚才回家，睡两个小时，又匆匆去了公司。

那段时间，他的脾气很大。所有的苦恼，丁岚都不愿意告诉他。她父母终于还是心急火燎地赶到了这个城市，他们还带来了一个男青年。

看起来健康、向上，和丁岚吃饭的时候，甚至提前为她拉好椅子。家教看起来很好，对丁岚的态度温和有礼。

他说："没关系，丁岚，如果你愿意继续陪着大木，我会说服叔叔阿姨跟我回去。"

丁岚深夜打电话给我："桐桐，我该怎么办？"

这时，丁岚已经哭得泣不成声。她已经等了五年，自他们毕业之后，她一直站在大木身后，默默支持他创业。中间，大木失败了一次，但是她没有离开。

我该如何回答她？让她再等下去吗？

我打电话给大木，我说："你不打算挽留丁岚吗？"

他在电话那边沉默很久，然后说："算了吧，这次我愿意放她走。"

后来，我们才知道，那时他并没有把握自己能成功。丁岚最终跟着父母和那位男青年离开了这个城市。我们去火车站送她，大木并没有来。丁岚抱着我，哭得撕心裂肺。

我和杨小猫说："说真的，如果不是这么多年的朋友，我绝对不原谅江大木。"

杨小猫想了想，说："也许这样对于大木来说，反而是件好事呢。"

丁岚离开半年之后，大木的公司终于开始有模有样地运作了起来。他总算松了一口气，但是并没有停下来，依然是大部分时间吃住在公司。也许他根本没有时间停下来想一想丁岚。

他说："我得负责那几十个人的吃穿住行，我必须兑现我的承诺。"

"你没有兑现对丁岚的承诺，这个你怎么解释？"

我问他，他沉默一会，然后看看表说："我还有一个会要开，你留下来，等我结束一起吃饭。”

谁有空等他一起吃饭！我气得拂袖而去。那个时候，我已经听丁岚跟我说，她打算和那个男青年订婚了。

我想，丁岚，这个叫江大木的男人终于还是要辜负你了。

不久之后，丁岚的结婚请帖就递到了我们手中。老花、我、杨小猫准确去参加婚礼，我们都看着那张写着江大木名字的请帖。

杨小猫说：“也许，我们应该让他出个大红包。”

大木打电话来说：“我最近需要出差，红包我会直接打到老花的银行卡上。你们替我带去吧。”

老花取钱的时候，直咂嘴说：“这小子比我想象的要大方啊！”

我看了看那数字，心里也不禁叹了口气。只有杨小猫不屑一顾：“哼，这点算个屁，能买来丁岚五年的青春吗？”

这个计算法当然不对，但是，我们一时半会也找不出别的计算法来。

老花说：“在商言商，现在江大木已经是个商人了。我们一致应该帮助丁岚多争取一些。”

虽然这么说，我们也并没有再找江大木。倒是他自己拿了东西过来，是一串很漂亮的钻石手链。

他说：“我答应买给她的，一直没有钱。”

他喝了酒，已经有了几分醉意。我们都知道，他一直不大能喝酒。公司草创阶段，陪酒应酬的事情，一直交给公司另外一位合伙人。

老花说：“大木，我们一起去吧。”

他勉强扯了一个笑，眼泪却流下来。那一晚，我终于知道一个心碎的人是什么样子的。他就那样蜷缩在沙发上睡了一晚，不愿意离开。

第二天一早，我们准备赶往机场之前，他已经离开了。

我们把手链和钱交给丁岚，她本不愿意接受。老花说：“丁岚，如果你退回去，江大木只能伤心愧疚至死了。”

丁岚哭起来，说：“我对不起他。”

杨小猫说：“感情的事情，没有谁对不起谁。”

我们和丁岚拍了合照，却一直没有拿给江大木看。看了又能怎么样呢？只能徒增伤感。不过，后来老花还是把照片放在微信里，江大木一定是看到了。

再后来，江大木身边的女朋友总是来来去去，也一直没有找到适合他想要娶的那个姑娘。我一直以为他情伤未愈，直到有一次，我听他安慰一个失恋的小学弟。

他说：“为你心爱的女人在夜里哭几次看看吧，只有那样，才能成为一个真正的男人。”

哦，原来江大木一直在心里尊重并感激离开他的那位丁岚姑娘。

就让我们因为好奇而结婚

一位恋爱五年的朋友，最近将请帖递到我手中。

我说："真的想好了？"

她说："只想看看传说中的事情是不是真的。"

她所谓传说中的事情无非就是两件：第一件，人们都说婚姻是爱情的坟墓，她想看看到底是不是；第二件，广大女性朋友都说男人婚前婚后两张面孔，她也想看看。

王尔德说："男人因为无聊而结婚，女人因为好奇而结婚。"我劝她说："好奇会害死猫的。"

她说："这是什么年代了，有什么关系。"

领完结婚证的三个月之后，我们聚在一起吃饭。聊起婚后的话题，她承认心里有微妙的变化。她说："最麻烦的就是不能像以前那么痛快地想一个问题了。"

“想什么问题呢？”

她笑一笑说：“离婚。”

在恋人关系时，大家不痛快、不高兴、不乐意的时候，都会想不如分手算了。但是结婚之后呢，我的这位朋友说：“一切都变得有点麻烦了。”

因为他们会想到婚前婚后的财产切割，要想到孩子的事情，要想如何向周围的亲人朋友解释。最最麻烦的，还要考虑离婚之后的生活。

想得太多，脚步自然而然就会变得慢了下来。于是，大家都觉得退一步海阔天空吧。就这样继续凑合着过日子。

朋友说：“真的很残酷，没有想到，结婚之后我会做那么多。”

按照我们这个社会的习惯，结婚之后，一定要准备生孩子的事情。在家长的各种催促下，朋友开始准备要孩子，为此打算辞掉繁忙的工作。可是，她却有点不甘心。而且，心里充满了各种不安。

她害怕丈夫在自己怀孕的时候出轨，害怕自己生完孩子之后会脱离社会，害怕自己变成一个唠唠叨叨的老太婆，害怕自己变成一个面目狰狞的恶妻。

她说：“原来，进入婚姻之后，真正需要做出牺牲的是我们。”

于是，她试着将一切抓在手里。老公的工资卡一定要拿着，她说：“这样他才没有钱胡作非为。”

经常上孕妇论坛，看来自全国各地孕妇的吐槽和炫富。看得太多了，心情难免起起伏伏，最后搞得自己很累。

医生劝她：“还是找点你自己喜欢的事情来做吧。”

但是，她实在没办法放心去做自己喜欢做的事情。老公稍微慢待她，她一定会惆怅难过。如果他和朋友、同事在外面吃饭唱歌，她心里就会无限委屈。她想，我在家里受罪，什么东西都吃不下，你却如此快乐逍遥。

她挺着大肚子，出现在我面前的时候，我真是吃了一惊。短短的半年时间，她变得面容憔悴，无精打采。坐下来就开始唉声叹气，看起来是那么不快乐。

她说："我不应该为了好奇而结婚，真是没有什么好事情。"

我说："或许你应该放松放松，有些事情不需要管，而有些人不必要抓得那么紧。"

她说："万一他真的背叛我，我该怎么办？还是防患于未然比较好。"

一个人亲自给自己打上心结，别的人是无论如何也解不开的。怀孕第五个月的时候，她开始疯狂地查丈夫的电话和微信。他和女同事说一句话，她都感觉受不了。最终变得有些歇斯底里，动不动为了一点小事情就开始发脾气。

医生诊断她得了产前抑郁症，让她住在医院里调养。我去看她时，发现正在读关于心灵疏导的书。

她说："他终于被我弄得出轨了。"

我惊讶地看着她，她一脸的无奈，摇了摇头说："我想，是我逼着他出轨的。他说他无法忍受我的脾气，需要找个可以安慰他的人。"

所以，直到丈夫离开之后，她才认识到，对于这一段失败的婚姻，她自己负有不可推卸的责任。

墨菲定律上说，最坏的事情，一定会发生。事实上，很多时候，婚姻并不是一件值得好奇的事情。它的存在，只是为了让大家彼此更了解、更信任、更有耐心而已。它并不是为了验证什么真理而存在的，它只是一部普通的需要不断维护的机器。

朋友说："我想要知道他到底是不是会像结婚之前那样对我好，结果试探来试探去，发现了很多问题。我本不该去试探的，我只需要告诉自己，他会一如既往地待我好。"

我想起很多年前看过的一个女作家的故事，她说丈夫因为工作关系，经常十天八天不在身边。好事者问她："你都不会担心这样下去，你们的婚姻会出问题吗？"

她说："我并不是很担心。如果我们待在一起常常吵架的话，还不如这样经常分开一段时间。在分开的这段时间里，我会经常想想自己的缺点，想想他的优点。当然，我并不知道他会不会想这个问题。但是，我们相处融洽，胜过很多夫妻。"

这位女作家无疑是个会经营婚姻的人，最起码，她已经懂得如何收放自如。而我的朋友呢，在她康复出院之后，我劝她试着挽回婚姻。毕竟，如果生下孩子，一个人抚养并不是一件容易的事情。

她笑着说："不了，我想，他离开之后，我已经完全想明白。我并不是一个适合婚姻的人。我们是孩子的父母，但是我们更适合做朋友。"

一旦进入婚姻之后，她总是担心他会背叛。而且，她要求苛刻，希望他能做一个完美的丈夫，搞得他喘不过气来。

我问她："这样很快结婚，又很快分手，会不会觉得有遗憾？"

她说："有点伤感吧。不过，还是感谢他这样尊重我的选择。"

我看着她时想，有些时候，分离并不是一件坏事。最起码，在分开一些距离之后，我们会发现自己想要的到底是什么样的生活。

来，让我们赶走那些势利的男人

杨小猫和我说，很多女性读者都喜欢问她一个问题："为何那些男人都不能好好爱我们呢？"

我说："所谓的好好爱，是个什么样的标准？"

杨小猫说："按照她们来信中的意思，基本上可以归纳为三点：疼爱、呵护、依靠。最好还是无条件的。"

闻听此言，我只能苦笑。

我说："来，杨小猫，帮她们赶走现实生活中那些势利的男人吧。"

杨小猫说："如何帮助她们？"

我说："就是多看小妞电影。"

没错，在众多的电影类型中，有一种叫小妞电影。这种电影里，一定会有起码两个以上的人物设定，都全部为女主角服务的。

其中的一个人物，一定是男主角，这个男主角一定是很多人的梦中情人，不管女主角多么任性、无厘头，缺点爆棚，这位梦先生，一定都会好好地一往无前地爱她。而且，最重要的一点是，女主角无须拥有倾城倾国的容颜。

是不是很完美？

真是好贴心、好温暖，世界好甜好美。就让小妞们待在里面，永远不要回到现实好了。因为一旦回到现实中，这些男人就会统统撕下面具，面对女主角时，往往会冷笑问一句：“Why？”

对啊，为什么喜欢呢？

那个摩根银行的投资顾问说：“我的资产在升值，而你的美貌在贬值，我为何要娶你？”

言之凿凿，势利得令人发指。对貌美如花的姑娘尚且如此，何况是缺点满满、貌不惊人的普通女孩。真是令人心碎！原来现实中的他们如此苛刻、如此实际、如此不近人情。

有的姑娘因为被兜头浇了一盆冷水，立马清醒过来，开始面对现实。据说，那位漂亮的好莱坞女演员就是如此。她遇到一位富商，在这位先生猛烈的追求攻势下，女演员最终嫁给他。然而，幸福的童话却并没有持续多久。很快，他们的婚姻就以离婚收场。

结婚之后，女演员才明白，原来富豪丈夫喜欢的是电影中的那个角色，并不是现实生活中的她。

银幕上的她，笑颜如花，美艳绝伦。回到生活中，脱下华服，卸掉浓妆，光环立刻褪去大半。富豪丈夫大吃一惊，无论如何不能接受，就这样提出了分手。

谁能一刻不停地站在聚光灯下的舞台上？就算是最漂亮的姑娘，

也需要上厕所、吃饭和睡觉。这些幻想一旦被打破，那些说爱你的人，就会立刻被吓得退避三舍。

多少美丽的姑娘，因此受了情伤，好长一段时间一蹶不振。不过，也有人擦干眼泪之后，从地上爬起来，最终找到了自己的所爱。

梦想当然要有，不然，生活会变得多么乏善可陈。只是，梦想中的男人是一个样子，千万不可以用他们的模型来套现实中的男人。

杨小猫说："姑娘们说，她们都期望那个无条件呵护、爱惜自己的男人出现。所以，迟迟遇不到那个意中人。"

当然遇不到，那个意中人啊，不知道综合了多少男人的优点，灵魂又闪耀着优秀人类才有的光辉。如此迷人、如此稀缺的东西，上帝当然不可能量贩生产。

所以，长大了的女孩，告别了童话之后，就会唱那句"你哭着对我说，童话里都是骗人的"。其实，现实生活里当然也会有"长腿叔叔"，只是，大多数人可能都遇不到。

因此，我们需要站在现实生活中，面对那些势利的男人。他们挑剔、苛刻，看起来真是让人心寒。然而，他们教会了我们很多东西。

长大之后，当我们离开那些梦想中的"长腿叔叔"，面对现实的时候，我们已经学会了自立自强，可以很好地自己照顾自己。这些本领，都是那些势利的男人教会给我们的。

在那些漫长的相处岁月中，我们已经明白，他们是如何的不可靠，那些誓言是如何的脆弱，如何的不堪一击。风风雨雨走过，我们已经不知不觉变得强大起来。

有人说："不，我不愿意从童话里走出来，我就是要和那个故事里的长腿叔叔待在一起。"

没关系，如果你愿意，谁也不会勉强你。能够生活在梦想里，是一件难能可贵的事情。只是，不要在现实中迎风流泪就好。

不要哀叹为何在现实中找不到那么好的男人，不要哀叹那些现实的势利男不会无条件地爱你。因为，你本来就选择了赶走势利的男人，待在自己的梦想里。

而那些选择不去赶走现实的女孩们，最终还是哭完之后站了起来。她们已经可以很好地区分什么是梦想，什么是现实。或者，更卓越者，可以让梦想照进现实。她们已经学会该什么时候放弃，什么时候等待，什么时候只爱自己……

她们也都明白，势利的男人并不是全无优点。就是因为他们苛刻实际，才促使她们更好地进化，成为更为强大的自己。

真是要好好谢谢那些离开的势利男们！

我们曾相爱，想到就心暖

杜琪峰导演的电影《钟无艳》中，齐宣王昏庸无能还好色。“有事钟无艳，无事夏迎春”这种事情反复发生，终于让为齐国操碎心、差点战死沙场的王妃钟无艳忍无可忍，她提出要主动休掉齐宣王。

她问由林雪出演的丞相：“我要休大王有什么手续？”

丞相说：“有三种，第一种‘怒冲冲’，第二种‘恨绵绵’，第三种就是‘淡淡然’”。

钟无艳又问这三种方式有何区别，丞相解释道：“怒冲冲是一时之气，不是真的想要离婚；恨绵绵就是爱意全无，只有悔恨，复合机会非常渺茫；淡淡然就是毫无感觉，心灰意冷，更是覆水难收。”

钟无艳果断选择第三种，与齐宣王说了拜拜。当然，电影的结局安排她还是回到了齐宣王身边。所以，她不必选择用余生来回忆齐宣王这个男人。

现实生活中，那些离开的人，最终又选择复合的却是少之又少。因为，大家真是看够了对方身上的缺点和丑陋，分别的那一刻，恨不得永生不再见。

比如我的一个表妹，与前夫分手的时候，选择的就是第二种方式“恨绵绵”。那段时间，她正在打离婚官司，提到丈夫时，只有四个字“眼睛瞎掉”。

当然，她说的是自己眼睛瞎掉，才会找了前夫那样的男人。她们当年结婚时，前夫还是个一穷二白的穷小子。结婚的婚房是租来的，前夫为了创业，还欠了一屁股债。

那段日子里，表妹厚着脸皮，向每一个亲戚朋友借钱来帮衬前夫的公司。后来，她终于找了一个要好的同学，同学答应给他们一笔钱，算是给他们融资。

自从有了这笔钱，公司的业务渐渐有了起色。还完所有的外债之后，他们又成功地得到了一个机会。分公司成立的那一天，表妹为了奖励自己，买了一套价值不菲的首饰。当时，前夫是有点心疼的，但是想想表妹的辛苦，他也没有说什么。

事后，表妹和我说：“这种东西本来应该是他买来给我的，却要我自己去买。”

说话时，脸色虽然平静，眼神却道出了心中的酸楚。我连忙安慰她，说：“会过日子是好事，表示他不会乱花钱。”

然而，我这位不会给妻子乱花钱的表妹夫，却在不久之后，送了一个大大的钻戒给他的婚外恋对象。

事情不知道如何被表妹发现，她看到他们在一家高档餐厅吃饭，于是二话不说，拎了一桶臭烘烘的泔水，浇了他们一头一身。当时的场面非常难看，婚外情对象惊声尖叫，表妹夫则暴跳如雷。那颗明晃晃的大钻戒，被表妹拿在手里。

她逼着表妹夫说："今天你把它吞下去，咱们才算完。"

表妹夫当然没有理会，他十分狼狈地逃出了餐厅。自此之后的半个月，他都没有再回过家。表妹气炸了肺，到处找他也找不到。后来慢慢冷静下来，开始思考离婚的事情。

这样的夫妻公司，打起离婚官司来，最麻烦的就是财产分割的问题。为了自己的利益，这对原本患难相扶的夫妻，姿态都变得非常难看。

表妹说："没有我，哪有你的今天。你有本事净身出户好了，看那个口口声声爱你的女人是不是还愿意和你在一起。"

表妹夫当然不会善罢甘休，他说："你不愿意平均分割，那咱们就只有法庭见了。我告诉你，我不会如你所愿净身出户的。这也是我的东西，是我拼了命赚到的。我凭什么要多分给你啊。"

为了不让孩子受到父母离婚的刺激，他被暂时送到了外婆家里。表妹夫大约想着婚外情对象还可以给自己生孩子，于是也没有主动提出要孩子的抚养权。这一点，让表妹更加伤心。

她发誓说："我不但要离婚，还要让他身败名裂。"

她终于花钱请到了一位私家侦探，弄清楚表妹夫婚外情的对象以及住宅地址。表妹将这位女士的照片放大，印刷成海报模样，写上四个字"小三该死"，全部张贴在该女士的住宅小区内。一夜之间，这位女士就变成了红人。所有的人都知道，她是拆散别人家庭的小三。

表妹夫终于露面，恳求表妹原谅。因为他无法预料，他这个平时看起来脾气很好的前妻，会再做出什么疯狂的举动来。

表妹要求他净身出户，唯有这一点他不答应。于是，两个人只能上法庭。因为他是过错方，划分财产时，他得到的那一部分令他很不满意。

后来，他经营不善，很快资金出现问题。婚外情对象就这样离他而去，表妹夫心灰意冷，又找到表妹，认错、赔罪，做出想要复合的姿态。

表妹的态度倒是决绝，她说："我不可能再和他在一起。虽然他是孩子的父亲，但是我已经不愿意他做我的丈夫。"

她觉得，即使是两个人就这样复合在一起，她也不相信丈夫不会再一次背叛自己。她实在不想再经历一次伤害，而且她也清楚自己并没有那么广阔的胸怀一次次原谅背叛自己的伴侣。

她说："既然一段婚姻已经让我变得不美好，不美丽，我宁愿转身离开。"

我问他："你曾经很爱他吧，那些爱，不会让你留恋吗？"

她说："实在是因为我想要保留那份爱，所以不得不选择离开他。"

原来，她真的害怕的是记忆中的爱被现实彻底地粉碎。这些爱的温度还留在心里，并没有完全消失。

也许，这是世界上另外一种爱情的形式。因为想要保护曾经的爱，所以离开现在的你。这样在余生之年，一想到那些爱，心里还会留有一丝温暖。

放手刹那，一夜看尽长安花

小文说在留学回国之前，男朋友提出分手。晚上，他带她去游乐园玩一个叫自由落体的项目。

她说："那个游乐项目有三个不同高度的跳板，下面是大大的充气床。我们一起爬到最高的那块跳板上，他看了看，一下子就跳了下去。我只看了一眼，最终还是没有跳。"

她说她实在是害怕，那么高的地方，朝下看着就眩晕。后来，她回国了，心还是留在了国外的前男友身上。

她说："我们一直很好，他很照顾我，什么都替我想好。我们分手，只是因为我想回国工作，而他想要留在国外。我们，其实并不是因为不喜欢彼此而分手。"

所以，她一直恋恋不舍。飞去国外出差，她一定会打电话给他，约他一起吃个饭。有时，他也会答应和她一起吃饭，但是大多数时候，他都是拒绝的。

她问他："为什么你一定要留在国外呢？"

他说："因为我喜欢这里的生活方式，回去我已经不能适应。"

她相信他的说法，尊重他的选择，所以也答应他的要求，和他分手。但是，站在那块最高的跳板上时，她心里还是有些后悔。

她后悔为何要选择这样的方式来离别，让她在以后很多的日子里，都在做噩梦。那种向下俯视的晕眩感，常常让她想起来就心跳加速。她一直认为，在很长的一段日子里，她忘不了他，也是因为无法摆脱这种晕眩感。

后来，她又遇到了一个男孩，对她很好，很体贴，很照顾她。

她说："我怎么就是没有心动的感觉呢？"

她找男孩主动袒露心迹，说出自己前一段感情的经历。

男孩说："你已经和他分手了。"

小文说："没错，但是我因为害怕没有跳下去。"

男孩说："你真的不愿意和我在一起？"

小文点点头，说："这样对你很不公平。"

男孩笑一笑，说："好，那么，我也请你和我去玩一个游戏。"

他带着她去玩蹦极，玩的是那种双人跳。小文退避三舍，下面有个充气床的时候，她尚且不敢。这次没有任何实体，下面是一片湖水。

"不，不，不，我不玩儿。"她朝下面看的时候，觉得自己都快要疯了。

男孩握住她的手说："只有跳下去，你才知道，没什么大不了的。"

小文犹豫起来，她知道自己一直受到前男友阴影的困扰。她也实在想要摆脱这个噩梦，但是用这种方式来摆脱，她还是没办法说服自己。

男孩将她的手放在他心脏的位置，小文能感觉到那强而有力的心跳。

男孩说："有我在，你死不了的。"

他的眼神坚定，脸上带着微笑，看起来是那么值得信赖。小文心里的钟摆不断摇晃，她自己也不知道过了多久。终于，她还是深呼吸一次，站了起来。

她说："我跳一次看看。"

男孩说："不用看，闭上眼睛，紧紧抱住我就好。"

他们穿好蹦极设备，站在跳台边缘。小文偷偷朝下看了一眼，立刻闭上了眼睛。她感觉自己心跳如擂鼓，呼吸都变得有点困难。

唯一能感觉到的是，男孩的手臂紧紧拥抱住她，不断地和她说："没关系，没关系。"

倒数结束的时候，她屏住呼吸，大脑一片空白。听见风急速地在耳边呼啸，她终于忍不住大声叫了出来。

他们紧紧拥抱，悬空在湖面上荡漾。小文张开眼睛，看到湖水离自己很近。她还好好地活着，男孩依然紧紧拥抱着她。

后来，她又跳了一次。这一次，她睁开了眼睛，也张开了双臂。她自己跳下去，快速坠落的时候，她以为会坠入湖水里，结果绳子拉扯了她一下，她又反弹了回去。

她说："原来想象真的会更可怕。真的跳下去，却是无所谓了。"

男孩说："当然无所谓了，一个人哪能一辈子只爱一个人。不然，就真叫有病了。"

后来，她从一个一起留学的朋友那里得知，她的前男友早就回了国。

朋友说：“他现在在一家大型跨国企业做负责人，据说他的女朋友身世显赫，最起码可以让他少奋斗 20 年。”

哦，原来如此。原来当年那纵身决绝一跳，都是为了起死回生。

小文说：“怪不得他可以头也不回，连看我一眼都懒得。”

他已经不需要再和她有任何纠缠，只有她一个人觉得舍不得，还死死抓住这段感情，那么长时间，也不愿意放手。

可是，她最终也还是放手了。跟着男孩去蹦极、攀岩，甚至参加了划艇队。有时候，在夜深人静时，她也还是会做那个梦。看着大大的气垫床，一瞬间，气垫床又变成了湖水。她就那么纵身一跃，不管不顾，居然没有落入湖水，而是飞了起来。

她最终还是从那梦中醒了过来，发现爱一个人的感觉，原来真的可以消失。她终于知道，自己也并不如自己想象中那么痴情。

她与男孩正式交往，他来接她下班，他们一起搭地铁去城市另外一边吃晚餐。他们挤在滚滚人流之中，十指交缠，她只觉得安心满足。

偶尔一次，她在一个大型商场，遇见了前男友。他正朝门外走，身边同行的是一位漂亮姑娘，衣着华丽，一脸傲慢。他也看见了她，眼神交汇一瞬，她笑了笑，朝他点了个头。

不紧不慢，不慌不忙，也真的不吃惊。原来，她真的已经学会如何放手了。

那些远去的暗恋时光

杨小猫问了我一个问题，她说："桐桐，你有没有暗恋过一个人？"

朋友面前，我一向毫不避讳。我说："我暗恋过。而且，暗恋了很长时间。"

杨小猫立刻来了精神，双眼放光，急急问："哦，是什么样的人？多长时间？"

我想了想，说："初中三年，我一直在暗恋他。"

"你为何不找他表白？"

"因为喜欢他的人很多。他一向阳光，浓眉大眼，笑起来一排整齐的洁白牙齿。并且成绩优秀，很受老师喜欢。"

杨小猫点点头，看着我的眼神带着一丝怜悯，她说："你有没有很后悔，没有找他表白？"

这辈子
我要活得
酣畅淋漓

我说："一点也不，我很感谢那个没有去表白的自己。"

并不是所有的爱情，都需要有个结果，我一向这样认为。初中三年的时光，因为有这段感情的陪伴，我一直过得并不孤独。

他是个很优秀的人，我是个很自卑的人。我想，那个时候的我，根本没办法表白。我唯一可以做的事情，就是带着很多的喜欢和一点点仰慕拼命学习。

我努力学习，拿到不错的成绩。他有时会有意无意地看看我，我全当作没有看见。我听到有人和他说我跟他暗暗较劲儿，想在成绩上超过他。

他笑一笑说："她总有一天可以超过我。"

可是，我始终没有超过。直到毕业，也没有超过。这一直让我耿耿于怀。还有一件事情，也一直让我不能忘记。有一次，做模拟试卷，他向我借了卷子。

他说："下一节课结束，我就还给你。"

我心里七上八下的，不知道他借卷子去干吗。那一节课之后，他还了我一张卷子，是一张空白的卷子。

他说："不好意思，你再重新做一遍。"

我拿着空白的卷子，实在不知道他是什么意思。他说："你的卷子，我给了别人。"

"给了谁？"我问。

"唉，你就别问了。总之你就重新做一遍吧，反正你已经知道所有的答案。"

后来，我知道他把我的卷子给了一个当时他很喜欢的女孩。那女孩很漂亮，只是不爱学习。所以，学习上的麻烦，一向由他替她解决。

杨小猫说："这是否也是你没有表白的原因之一？"

我想一想，说："事实上，这件事情让我对他的感觉变得复杂起来。"

事实上，我并不能否认自己依然喜欢他。只是，他再向我借卷子的时候，我不再出借。

他说："你怎么这么小气？"

我说："你可以给她你自己写的，为什么总要我的卷子。"

他挠了挠头，才说："因为你们女生的字体比较相似，我的字龙飞凤舞的。"

我心里呸了一声，觉得他真是会抬举自己。

我说："你死心吧，我不会借的。"

谁要把做好的东西，再重新做一遍。他见我执意不借，只能悻悻走开。我后来知道，那女孩最终还是没有和他在一起。

杨小猫说："你虽然没有表白，但是对于这对男女的分手，你起到了不可忽略的作用。"

我说："你爱怎么想，就怎么想吧。"

分手真的和我没有半毛钱关系。因为那女孩转学了，去了另外一个城市。一个女孩走了，还会有另外一个女孩。反正，我依然没有表白，依然保持暗恋。

听我这么说，杨小猫撇了撇嘴说："你真是个货真价实的变态暗恋狂！"

我笑了笑，想起廖一梅说过的一句话——有一件小事，一件疯狂的、不值一提的小事，叫作爱情。

对于我来说，爱情可以改成暗恋。那种琐碎的、黏稠的情绪，只是在我脑海里酝酿，但是给我带来了很多的快乐。

深夜，我一个人在孤灯下做题。做得很累很烦时，他的脸忽然出现在我脑海里，真是让人高兴。背英语单词时，那个有着 11 个字母的单词怎么也记不住，忽然又想起他在操场上打球的样子，心情变得愉快起来，单词哗哗地全记住了。

我的喜欢他并不知道。但是，这种喜欢却陪伴着我度过了无数个漫漫长夜。

为何不表白呢？杨小猫总是好奇，她觉得如果我表白，说不定那个男孩也会喜欢上我。但是，我真的不想。

我说："因为暗恋，我努力向上，刻苦学习，这都是暗恋给我的动力。假设表白成功，他也喜欢我，那么，我的这股动力便会很快消失。害人害己，我想了想，还是决定不去表白。"

杨小猫笑笑，说："果然是个实际得令人发指的女人。"

后来，我们也并没有考入同一所高中。渐渐地，我失去了他所有消息。多年之后，听人提起他，觉得遥远又陌生。知道他已经娶妻生子，过着幸福平安的日子，我的心里并没有太多遗憾。

我们都不亏欠彼此。我想，我早已过了暗恋的年纪。如今回想起来，心中只有感激。那么枯燥、苦闷、乏味的学习时光中，有他远远地陪伴，日子变得美好许多。

那是我最好的暗恋时光！

所有的女仆都要感谢爱自己的男二

言情剧或者是偶像剧中，总会有这样的设定：第一女主角、第一男主角、第二女主角和第二男主角。

这个第一女主角一般除了会被第一男主角喜欢之外，还会有第二男主角一直陪伴左右。这种女一、男二的设定，常常令女一光芒倍增。

男一的性格无论是傲娇、挑剔还是苛刻，只要男二站在女一身边时，他一定立马警觉起来。出于动物的本能，他立刻做出防御姿态，守护自己的东西。

电视剧的剧本情节设定，一般会让女一和男一的爱情之路充满坎坷。但是，唯一令人感觉安心的是，男二通常都会等待和守护在那里。如果饰演男二的演员凑巧是个帅哥，气质不俗，那么可能会因为这样的角色一夜爆红。

那个无论你伤心、流泪、烦恼还是开心，总是围绕在你身边的男

这辈子
我要活得
酣畅淋漓

二，又有哪个女一不会去珍惜呢？

珍惜是珍惜，但是爱着的人又是男一。所以，最终选择在一起的人，还会是男一。最后的最后，男二还是得走开，不得妨碍人家的幸福。

这样的故事里，女一最应该感谢的人，其实是男二。没有这个威胁性的角色存在，男一怎么会加快速度进行争抢行动？

所以，在我看来，很多时候，成就一段爱情的，往往是这个最终置身事外的男二。对此，我的朋友杨小猫说："你的观念偏颇，如果女一根本不喜欢男一，他无论怎样争抢，都不可能得到她。"

当然，我承认杨小猫说的并不是没道理。只是，在故事的设定中，女一往往最喜欢的是男一。可是，要怎么才能和男一在一起呢？

只有让那个一直喜欢自己的人，更喜欢自己，陪伴在自己身边，懂得自己的好，很珍惜自己。这个人，无疑就是男二。

现实生活中，这样利用男二的女一，不可谓不多。我记得在大学时期，宿舍里的一个舍友，有一位男性好朋友。这位好朋友总是在她需要帮助的时候，出现在她身边。

一开始，我们都以为这是她男友。后来，她解释说："这只是我的好朋友。"

我们都佩服这位男性好友的奉献精神。无论大事小事，只要这位姑娘一声召唤，他一定会第一时间出现。

她感冒了，他帮她买药、打饭、打水。她去逛街，他有时间就跟着她，大包小包地帮她拎回来。换寝室的时候，她只需要把东西收拾好，打包分类好，他会过来搞定后续所有事项。

我们都不禁感慨，男朋友也不过如此吧。但是，他不是她的男友。她的男友远在家乡的一所大学读书，不和她在一座城市。

当时寝室里除了我，还有三位舍友。我们聚在一起时，提到这位男生，都不无感慨。舍友彬彬说："再这样下去，这男孩就会从男性好友升级为男朋友的。"

"反正那位在外地的男朋友，也只是挂个名头而已，什么忙都帮不上。"舍友小云说。

我和另外一位舍友小白坐在那里，实在不知道该说什么好。我们常常会觉得迷糊，为何这个男生知道别人已经有了男朋友，还这样赤胆忠心地护卫左右呢？

最终，小白感慨："他大概是太喜欢她了，实在放不下。"

后来，这位姑娘的男友出现在我们面前。那段时间，我们都看出这位姑娘的心情很不好。大家都偷偷议论，以为她最终和男朋友分手了。却只见一个寒冷的早晨，她的正牌男友出现在宿舍的门外。

男友在学校陪了她一个星期，那位男性好友没有出现。晚上熄灯之后，我们能听到她偶尔和那位好友打电话，说的都是和男友出去吃饭的事情。

姑娘说："他和我认错了，我决定原谅他。"

我们后来才知道，原来姑娘的男友，在他就读的那所大学里，认识了另外一位姑娘。俩人在电话里经常吵得不可开交，最终姑娘提出分手。男友想要挽回，就千里迢迢赶到我们学校来。

他当然也知道那位男性朋友的存在，因为他们三人本就认识，曾经在一所高中就读。他临走时，特意去见了那位男性朋友，嘱咐他说："我不在这边，请你多照顾她。谢谢你。"

男性朋友当然是继续照顾，直到大四下半学期，他忙着实习时，还不断打电话给我们宿舍的那位姑娘，问她行李收拾得怎么样，确定好时间之后，他帮她全部寄回家去。

没错，她最终还是决定回家，去和正牌男友在一起。她和我们说："父母都见了面，我大概一年之后就会结婚吧，到时候会发请帖给你们。"

那位男性朋友选择留在这座城市里，他说他不想回去。他努力守护了四年，最终那个喜欢的人，还是要嫁给她喜欢的男人。

后来，我问情感专家杨小猫："爱情这种东西，根本没有什么道理可讲吧？"

她点一点头说："的确，有些感情让你看起来会觉得难以理解。"

就像陪伴了这位姑娘四年的这位男性朋友一样，他明明知道，姑娘更爱自己的男友多一些。他还是要站在那里，好像他上辈子真的欠了她的，这辈子回来就是为了做补偿。

我想，那位姑娘也许最终会明白，那个最终离她而去的人，其实才是多爱她一些的人。

多谢你没有如期归来

他离开家的时候，没有告诉她，要她等他。她也没有刻意等，因为她知道，这一走，他十有八九是不会再回到这个小城来了。

小城岁月悠悠，一间店可以在一个角落里，一开就是十几年。没有人特别在意，也没有人特别讨厌，就那么平平淡淡、从从容容地开着。

他说："我不喜欢这样的日子，我要轰轰烈烈的。"

所以，他拼命学习，走出了小城。她没办法，早早就辍学了，因为有弟弟妹妹要养。父亲去世早，母亲的身体也一直不太好。

她烧了一手好菜，临行前，让他到家里吃饭。她说："在外面好好照顾自己。"

他握着手里的酒杯，很久没有说话。直到吃完饭，帮着她洗碗的时候，他还是忍不住问了一句："真的不能和我一起走吗？"

“你去读书，我去做什么呢？”

“那么大的城市，总有你能做的事情。有我在那里，不用怕的。我们一起努力，在那个城市安营扎寨，所有的困难都能克服。”

她沉默着，不答话。洗完了所有的碗筷，她才轻轻叹了一口气，说：“你喜欢吃我做的牛肉酱，我一早上就炒好了，装了两瓶子，一会儿你带上吧。”

他终于忍不住，哭起来，抱住她。他们自两岁时认识彼此，18年来，从来没有分开这么远过。她父亲的葬礼，他全程陪着她。她所有的苦痛、煎熬，他都知道。

她辍学时，他说：“我一定要考上大学，赚很多的钱，让你再进入学校读书。”

她从来没有想过再进入学校，但是还是很高兴听到他这么说。弟弟妹妹要读书，她必须发奋赚钱才行。

她跟着一个师傅学习做衣服，第一件衬衫，是她帮他做的。很合适，穿着非常舒服。学校里的同学见了，都吵着要一件。

她得到了第一笔订单，五件男士衬衫，前面的彩绘可以随自己的意选择好看的图案。那种衬衫当时风靡校园，让她着实高兴了好一阵子。

他说：“不如你去正式学习服装设计吧？”

她摇摇头，因为她根本没办法离开家。父亲走后，她便是母亲最强大的精神支柱。弟弟妹妹年幼，母亲什么事情都仰仗她。

她说：“算了，以后有时间再慢慢学吧。”

他考上大学的时候，她替他做了一身合适的西装。后来，他进入大学，上台领第一个学期的奖学金时，竟然有同学问他：“你这身西装，是在国外哪家店里定做的？”

这身西装跟着他度过了大学四年，三年研究生。一直到他去那家著名的外企面试时，才被面试官提醒：“小伙子，西装很漂亮。袖子被磨破之前，它一定很完美吧？”

这时，他才发现袖子真的有一只磨破了一点。算一算，原来已经过了这么多年。他很少回家，即使寒暑假，也会留在这座城市里打工。

他和她的联系越来越少。有时打电话回家，他母亲会告诉他一些关于她的事情。

“她开了一家餐馆，弟弟学了厨师，菜做得很好。”

“介绍人给她介绍了几个对象，她好像都没有看上。最近餐馆的生意也不是很好，她妈妈的身体倒是还可以。”

那年冬天，因为要办理户口迁移的事情，他终于回了一趟家。他问了母亲她的餐馆地址，直接去了那里。

母亲说：“你去干吗呢，反正你总是要离开的。”

他说：“去看看也好。”

那天天气晴朗，店里的客人不少。她忙着端茶倒水，一个年轻人站在柜台里，一直忙着记账算客人的餐费。

看见他进来，年轻人抬起头，客气地招呼：“欢迎光临。”

她也跟着直起身子，看到是他，微微笑了一下，说：“你来啦，坐吧。”

他就那么坐下，她让年轻人招呼客人，自己转身进了后厨。不一会儿，炒牛肉酱配蔬菜、焯好的黄豆芽和劲道的手擀面都端到了他面前，他也不客气，就那么呼噜呼噜地吃了个痛快。

年轻人问她：“这就是你经常提起的那个青梅竹马吗？”

她笑着，点一点头，才说："这么多年过去，他还是爱吃我做的牛肉酱。"

年轻人撇一撇嘴说："要是让他天天吃，肯定腻烦了。"

她白他一眼，最后还是笑笑。而他呢，吃完之后，看到这一幕，心里有些酸楚，有些怅然，又有些坦然。

他说："我回来办理户口转移。"

她说："正好，参加完我们的婚礼再走吧。"

说完，向那个年轻人招了招手。年轻人这才走过来，和他握手说了几句客气话。

她送他出店门，阳光照在她脸上，她看起来愉快舒心，可见这段感情并没有让她有什么遗憾。他问她："如果我大学毕业，回来这里，是不是我们就可以在一起了？"

她笑了，想一想说："幸好你没有回来，不然我去你那个城市玩儿，连个熟人都没有，心里会空落落的。你在那儿，我去玩，心里会很踏实。"

他与她告别，独自走在街上，路人熙熙攘攘，经过一家花店门口，他听见一首歌在唱："我知道你也不能带我回到那个地方，你说你现在很好而且喜欢回忆很长，我们没有在一起至少还像家人一样，总是远远关心远远分享……"

他想，也许她真的不希望和我有个结果。也好，那个年轻人看起来是个好男人，可以好好照顾她，让我安心。

她站在店门口，看着他的身影没入熙熙攘攘的人流。她想，他最终还是回来了。只是，她已经不愿意再去想假如跟着他离开会怎么样这件事情。她更愿意就这样站在他们最初开始的地方，那是她最温暖最珍贵的回忆……

需要放手的终归要放手

老花的一个学长，品学兼优。上学时期，已经是他们系中的风云人物，得到好姑娘的青睐，自然是不在话下。

大四毕业前，这位学长已经名草有主，和一个美丽的姑娘订立了婚约。

老花说："姑娘的家世好，父亲是一间大公司的负责人。学长的创业启动资金有了着落。"

"那他就这样把自己卖了吗？"

老花斜眼看看我，说："反正都是卖，以这种形式卖出去，只有更好。"

我心里暗暗想："大概你也是想要这样把自己卖了，只是没有找到合适的机会而已。"

老花的这个故事还没有说完，那边就听到林大周说："学长最终不还是和这个姑娘离婚了。”

“为何要离婚，这桩婚姻看起来无比美满。”我说。

“谁看起来美满，是你，不是学长。”林大周说完，叹了一口气，又说，“人啊，还是得找和自己合适的人才可以。”

可是，到底是哪里不合适呢？姑娘爱学长的才华、能力，学长爱姑娘的美貌和家世。这多么像古典传说中的美丽故事。

林大周最终还是为我们揭开了谜底：“学长受不了他老婆挥霍浪费。”

我和老花齐齐看向他，根本不明白他在说什么。林大周说：“据说，学长结婚以后住了别墅，但是他老婆每隔一年，都会将别墅装修一次。”

我张大嘴巴，心里敬佩这位女士的折腾精神。这是多么大的生活动力，才可以每隔一年就进行一次这种耗费时间和精神以及金钱的巨大工程。

林大周又说：“浴缸一定要意大利的名牌，一开始是金色，后来又换蓝色。只是一个浴缸，就折腾两个月。”

老花感慨：“真是一位美丽、富有，但是寂寞至死的女性。”

之后，在林大周的叙述中，我们知道这位漂亮的女士每年的春夏秋冬四季，一定都会出国购买各种世界名牌，当季当下最流行的款式。

林大周说：“我偶然去过一次他家里，因为我的一个客户想要认识学长。真是吓了我一跳，他老婆的鞋子就单独占了两间房子。学长当时笑着跟我说‘都是没有的阿堵物’。”

我笑得差点把嘴里的水喷出来，一个穷书生，遇到一个美丽的狐狸精，结果发现狐狸精做出来的事情，都令他发狂。不知道蒲松龄老先生在世，遇到这样的故事，又该如何感慨。

我说："女人总是爱好衣服和鞋子啊，这是人之常情。何况你们学长的这位太太，又是有钱人家的姑娘。奢侈一些，本来就是情理之中的事情。"

"学长跟我说，非洲还有很多饥民，国内还有很多孩子读不起书，还有很多人生活在贫困线以下，她这么浪费实在令他看不惯。"

可是，令人不得不正视的一件事情是，学长创业未半，就这样贸然离开了富有的妻子，新公司度日逐渐艰难起来。

林大周说："不过也还好，哪个创业公司没有经历过几次失败啊？"

这样做，在世人眼中难免有些任性。然而，就是有人这样义无反顾，觉得生活不如意，要那么成功的事业干什么呢？

老花在一旁点点头说："我还是赞同学长的价值观，身边那个最亲密的人无法沟通，实在是最令人苦恼的一件事情。"

我想，在很多人眼中，这也许都不算一回事情吧。很多人会强调客观和现实，因为机会来了，错过难免可惜。然而，总有一些人和一些事情是无法勉强去爱、去做的。

学长不喜欢看到有钱的夫人一掷千金，全部是为了衣服、鞋子、包，他认为浪费奢侈。而他的太太，自小在富有家庭长大，这些是她的生活习惯，根本无法改变。所有的一掷千金，在她看来都是理所当然。

林大周说："精神上的门当户对，对于经营好一桩婚姻来说至关重要。"

当然，我想，这位学长是一位注重婚姻精神的人。如果只注重形式，这一切的问题也都不会再是问题。

很多人都很实际，他们在面对婚姻时，选择的往往是形式。比如我的一位堂哥，他娶了一个漂亮的妻子。我这位美丽的堂嫂从来不做家务、不带孩子，每日早上起床第一件事，就是洗澡化妆，然后出去玩儿。

我曾经问堂哥："为何她总是能找到人和她消磨无聊的时光呢？"

堂哥笑一笑说："因为无聊的人也很多的。"

孩子由我的婶婶带，堂嫂高兴的时候抱一抱，不高兴时，一连几天都不回家。堂哥也一样，他在外面另外有一位红颜知己。只是，这位红颜知己没有给他生孩子，不然也许早就登堂入室了。

婶婶带着孙女，看到偌大却空荡的客厅，就会感慨地说："这样的日子，真是不好过。"

堂哥安慰她说："妈，住得这么好，生活一切应有尽有，你为何还要说这样的话？"

婶婶说："因为家已经不像个家的样子了。"

堂哥笑笑不说话，他所有的应酬场合，还是由漂亮的堂嫂陪伴左右。人家见到他，都会艳羡地夸一句："夫人真漂亮。"

事业成功，娶得美丽娇妻，简直是令人羡慕嫉妒恨的标本。只是每年除夕吃年夜饭，堂哥和堂嫂都不会在家。婶婶会带着孙女到我们家，吃着吃着，难免会落泪。我妈常常会劝很久，婶婶说："我只是希望他们大过年的，可以陪我和孩子吃一顿团圆饭。"

堂哥的小女儿，我的这位小侄女已经开始牙牙学语，满地乱跑了。她还不懂事，不担心父母不会给她家庭温暖。

他说："温馨的家庭生活本不属于我，我不会强求。我要得到我想得到的即可。”

或许，生活就是如此。选择你需要的，放弃你必须放弃的。事事顺心的人，都在别人的故事里。

这辈子
我要活得
酣畅淋漓

何惧刹那芳华

爱一个人八年，这个人最终还是离你而去，到底是一种怎样的体验？许靓说：“最终也都会过去的。”

她和男朋友在高中时就是同学，两个人那时只是互有好感，并没有走上早恋的道路。许靓后来说，是因为大家都忙着学习，想要考同一所大学。后来，果真如愿以偿，他们一起坐火车来到大学所在的城市。

男朋友终于鼓起勇气，开始表白自己的心意。许靓心里当然高兴，她后来跟我说：“那真是我最喜欢的一段时光。”

两情相悦，有情人终成眷属。那个时候，许靓的脑子里都是这些词汇。她觉得每天都很快乐，谁对自己发脾气，她都可以原谅。

爱真是一个美好的词汇，它可以让一切变得温暖明亮起来。和自己喜欢的人在一起，这是多少人羡慕的事情！许靓觉得自己就是那个幸运儿。

两个人度过了欢乐的四年时光，自学校毕业之后，男朋友的压力便明显变大了。许靓能够明显感觉到，上班一个月之后，男朋友的话变得很少。

他问许靓："如果我一直这么穷，你还会和我在一起吗？"

许靓说："我们不会一直都这么穷的。"

在许靓看来，他们有爱有温暖彼此的力量，只要两个人在一起，就没有什么不能战胜的。可是，事情的发展，却出乎了她的预料。

渐渐地，她发现男友回来的时间越来越少，他说他需要去应酬客户，他说他需要赚钱买房子，他说他要跟她结婚。许靓不知道为什么结婚一定要买个房子。

她问他："我们没有房子，就不能结婚吗？"

男朋友说："不能，我不能让你父母看不起我，我不能让你受委屈。"

许靓知道自己该感动，可是心里却感动不起来。她的直觉告诉她，有什么地方出了问题，有什么地方不对了。可是，到底是哪里不对，她一时却也没有想到。

许靓和自己的朋友说："他不向我求婚，我可以向他求婚吧。"

朋友都骂她是疯了，说她是想结婚想疯了。为此，她还得了一个"结婚狂魔"的外号。可是，她还是跟男朋友求婚了。

她说："咱们别买什么房子了，有了房子也不一定有幸福，咱们结婚吧。"

男朋友却拒绝了她，说是让她再等一等。这一次，许靓真的感觉到了伤心。她开始焦虑和忧心，忽然觉得从天堂掉进了地狱里。此时，离他们毕业已经过去了三年。

有朋友提醒她说："许靓，也许你应该问问你男友，是不是要和你分手。"

"分手"这个词，是她从来没有想到过的。可是事到如今，她也不能不想这件事情。男友的手机她从来不查看，只是在他去洗澡的时候，她看到了那条信息。

信息上写着："亲爱的，你说你已经和你女朋友分手了，不是骗我的吧？"

许靓看着那条信息，觉得自己好像掉进了一个真空装置里。所有的声音都在她耳边消失，所有的气味，她全部闻不见。她的脑子一片空白，呆呆地坐在沙发上。连男友洗完澡走出浴室，她都没有觉察。

男友问："你怎么了？"

许靓没有回答，她还处于一种麻木的状态。后来，她给自己的这种状态起了一个名字——"间歇性官能失调"。她就是这样，一向有自我解嘲的本事。

男友发现许靓知道他劈腿的事情之后，只能向许靓摊牌。

他说："对不起，我不是不想和你说，我是不忍心说。"

许靓心里有一万句骂人的话，但是脱口而出的只有一句："你爱她吗？"

男朋友说："我不爱她，但她是个结婚的好对象。"

许靓这才明白，原来在男朋友眼中，她一直不是一个结婚的好对象。原来，只有她一个人觉得自爱情走入婚姻，只要两个人相亲相爱就可以。

许靓说："既然他的心里没有了我，我还是成全他们比较好。"

她就这样结束了八年的感情，挥挥手没有带走一片云彩。朋友们都替她感到可惜，说女人八年的青春年华，都浪费在了一个人渣身上。

许靓却笑起来，她说："我爱上他的时候，他是大好少年，并不是人渣。"

朋友说："你都不觉得自己逝去的年华可惜吗？"

许靓摇摇头，说："那时候，我们是爱着彼此的，又怎么能说可惜。"

可是，夜深人静的时候，她独自躺在床上也不是不会流泪的。一个陪伴了自己八年的人，一个自己爱了八年的人，就这样说离开就离开了。

她收到他发来的信息，他说："许靓，我对不起你。"

许靓看着这句话，往事历历在目。那些手挽着手一起走在校园中的日子，至今还像是昨天发生的事情一样。是谁说的，快乐的时光的确短暂。一转眼，便走入忧伤。

她没有回复他的信息，她想，既然决定离开，便干干脆脆，不需要藕断丝连。然而，她独自一人默默消化这段情伤，也用了很长一段时间。直到遇到第二个男朋友，两个人相处一年多后，男友便向她求婚。很多人觉得许靓勇敢，因为一次情伤之后，她竟然还会相信爱。

许靓说："有什么不能相信的呢？因为相爱在一起，因为不爱而分手，本来就是一件普通平常的事情。爱并没有消失，不管你们爱与不爱，它都永远存在。"

我想起徐志摩先生曾在一首诗中写道：爱似水墨青花，何惧刹那芳华。像许靓这样对待感情如此潇洒的女孩，世间本就有不少。她们

这辈子
我要活得
酣畅淋漓

敢爱敢恨，相信爱，也被爱抛弃过。

不过对于她们来说，爱情离开并不是特别严重的事情。因为她们永远相信，下一个路口，她们依然会遇见爱。她们知道这个世界永远有爱存在，遇到喜欢的人，永远值得轰轰烈烈地爱一场。

你只是不必失去自己

你的朋友圈里，有没有这样的姑娘，一旦有了男朋友，整个人像是换了性格一样，让身边的人感慨万千。我的朋友小米，就是如此。

有一个认识小米的朋友说："那个我们认识的小米已经不存在了，现在的这个小米，只是某某人的女朋友而已。"

说实话，我也不能理解，一个人交了男朋友之后，为何会有这么大的转变。那个总是独立自主的小米，那个总是热情洋溢的小米，那个总是喜笑颜开的小米，现在统统都消失不见了。

她现在出门之前，换衣服时，一定会问男朋友："我穿这一件好不好看？这一件呢？"或者是"这双鞋子配这件衣服好不好？这双呢？"

以前，她从来不会问这些问题。以前，她的座右铭是："悦己！"

人都是会改变的，小米只是找到了真爱而已。我想，女人在真爱面前，有几个是不会改变的呢？当身边的朋友都在吐槽小米的时候，我劝她们说：“为何你们要阻止别人去追寻真爱呢？”

小楠说：“我们哪里有阻止她，我们只想好心地提醒她而已。”

小彬也在一旁点头说：“对啊，你是不知道，小米那个男朋友其实是个渣男。”

我说：“小米好不容易找到喜欢的人，你们却诽谤人家是渣男。你们知道，这个时代要有图有真相啊。”

我刚说完，小楠就把手机递了过来，说：“你看吧，有图有真相。”

我打开照片，发现上面的那个男人的确是小米的男友。他正坐在候机大厅的椅子上，臂弯里还搂着一个十分漂亮的姑娘。

我问小楠：“你什么时候拍到的这张照片？”

小楠说：“不是我拍到的，是我男朋友拍到的。他们恰好坐一班飞机。”

我们都了解小楠的男朋友，那是个很有责任心且正直的人，从他那里得到的照片，应该不会是假的。

他目睹了这一幕之后，还特意给小楠打了电话。确认小米和男朋友没有分手之后，他沉默了很久，说：“不如，你劝你的朋友分手吧。”

小楠说：“我怎么说呢？小米现在正处于热恋之中。”

对一个处于热恋之中、忘乎所以的人，兜头浇一盆冷水，谁愿意做这种事情？大家商量了一下，还是没有人愿意唱这个黑脸。

我想了想，最终还是决定给小米打一个电话。

我说：“我们出来坐坐吧，你也已经很久没有和我一起说说话了。”

小米答应了，我将咖啡店的地址发给她。没有等很久，她就出现在了咖啡店的门口。神情看起来并不愉快，妆容也已经有些花了。

她坐下来，点了一杯黑咖啡，她说：“我最近没什么精神，总是想要睡觉。”

我没有说话，我们就这样静静地坐了一会儿。我看得出，她有心事。我想，如果她愿意说一说她的心事，我也愿意等一等。

黑咖啡被端上来之后，她没有加奶和糖，就那样喝了一口。放下杯子，忽然感慨说：“真是好苦，它原来就是这么苦吗？”

我点点头，说：“一直都很苦。”

她怔怔地看着那杯咖啡，就那样落下泪来，然后趴在桌子上，开始哭起来。我不知道发生了什么事情，以为是小楠将那张照片提前发给了她。我问小楠，她的回答是还没有来得及发。

我说：“小米，出了什么事情？”

她没有理会我，继续那样哭。我向咖啡店的服务生要了一些纸巾，塞到她的手中。她开始拧鼻涕，擦眼泪。

她终于抬起眼来，看着我说：“我本来以为，我今年会结婚的，结果还是没有办法。”

我说：“你的男朋友不愿意跟你结婚？”

她摇摇头，说：“他一个星期前跟我求婚，我没有答应。”

我问：“你为何不答应？”

她擦干眼泪说：“我只是觉得荒唐，一个准备结婚的人，为何却还能爱着未婚妻之外的女人。”

原来，她早就发现男友劈腿的事了，只是一直没有说破。我也有这样的朋友，她们知道男友或者是丈夫有外遇，但是她们选择隐忍和妥协，每个人的想法都不相同，有人为了结婚而结婚，有人为了孩子，有人害怕被别人看笑话，还有人没有割舍心里的爱。

我说："很多人在结婚之时发现这件事情，都选择睁一只眼闭一只眼。"

小米看着我，认真地摇摇头。

她说："桐桐，你知道人最难做到的事情是什么吗？"

我说："是什么呢？"

她叹一口气说："就是敷衍自己的心。"

我的朋友小米，就这样走下恋爱的舞台。她在闪光灯亮起的时候，爱得全情投入；可是到了不该爱的时候，她选择干脆利落地转身离开。而那张照片，我们把它从手机里删除了。我们都明白，她根本不需要看那张照片。

我们都说小米的选择是正确的，她偶尔也和我们开玩笑，说："你们是看不得我幸福吧！"

我有时候会问她："小米，经过这一次，你觉得幸福的婚姻是什么样子的？"

她想一想，说："我并不知道别人怎么看，只是在我看来，就是不能勉强自己的心，不能妥协退让到失去自己。"

找到一个尊重你且爱着你的人结婚，这是件不容易的事情。在一段感情中不轻易迷失自己，也非常不容易。可是，小米还是愿意去寻找。我想，她一定会找到幸福，因为她已经明白勉强自己是一件多么痛苦的事情。

第五章

不去试试看，怎么知道不可以

- 爱过才知情重
- 准备好了，我们就喊一声“开始”
- 不是他们肯不肯爱，是你敢不敢试
- 且将新火试新茶
- 既然爱，就给自己一个机会吧
- 真心人到底是什么样的
- 假如这个世界上只剩下你自己
- 反正也不能爱你一辈子

这辈子
我要活得
酣畅淋漓

爱过才知情重

蓝黎认识韩进亮是在初中，那时他们两家是邻居，而且他俩在同一所学校。他是学校有名的学霸，为此，蓝黎没少被打击。

一个要好的朋友曾经嘲笑过蓝黎，说：“你和韩进亮住得那么近，怎么他的聪明才智没有传染一点给你？”

这话纯属调侃，因为他们都传说蓝黎喜欢韩进亮。蓝黎当然没有那么大度。有一天放学，蓝黎去找他，他们班的几个男生在外面起哄，说：“韩进亮，你女朋友来了。”

蓝黎简直气极，脸涨得通红。他倒是面无表情，说：“找我什么事情？”

“韩进亮，你告诉你妈，以后你有什么东西落家里了，不要再托我帮你带。”

说完，蓝黎转身就走了。虽然心里有点复杂，蓝黎还是决定不要和他走得那么近。应该说，她觉得自己真的受不了风言风语。

已经不止一次，有女生问蓝黎："哎，韩进亮到底是不是你男朋友啊？"

"当然不是啊。"

"不是的话，为啥他谁也不搭理呢？别瞒我了，你是不是怕被老师知道啊？"

知道你个大头鬼！蓝黎在心里暗暗地骂了一句，简直有点怒不可遏。蓝黎清楚这些误会都是来自于韩进亮丢三落四的毛病。他通常出门比较早，蓝黎总是磨蹭到最后一刻。他落下的书、水杯，有时还有体育课需要用的运动鞋，他妈妈通通让蓝黎带给他。

蓝黎总是出现在他们班门口，伸长脖子朝里面张望。因为是近视眼，她根本无法看清楚他坐在哪个位置。

这时候，往往就会有人说："韩进亮，你女朋友来找你了。"

他竟然也不否认，就这样接过蓝黎递过来的东西。

蓝黎说："韩进亮，你最起码也解释一下，我不是你女朋友啊。"

"我会为这种小事浪费唇舌吗？清者自清。"

他扬了扬脸，一副傲娇的样子。蓝黎恨不得将手里的书包扔到他脸上。有一次，蓝黎还因为被误会受到一个女生的欺辱。

那天放学之后，那女生在学校门口堵住蓝黎的去路。她的身后，还站着三四个女生，一副气势汹汹的样子。蓝黎看了看她们，推着自行车想要离开。那女生一下子抓住蓝黎的自行车把手。

"哎，据说你是韩进亮的女朋友，韩进亮很喜欢你吗？"

"走开，我要回家。"

"不解释清楚你想回家？没门。我这么告诉你吧，我喜欢韩进亮，你要是识趣，就离他远一点！”

“哼，谢谢你。你最好去告诉韩进亮，让他离我远一点才好。”

蓝黎说完就要走，谁知她们却围上来，一个拉她头发，一个扯她衣服，一个把她的自行车推倒，一个随手给了她一巴掌。

那一巴掌，让蓝黎从此跟韩进亮结下梁子。都是因为他，都是因为这个傲娇的笨蛋。蓝黎越想越觉得委屈，哭得很厉害，一直到家里时，她还在哭呢。她妈妈问她缘由，她也不理。蓝黎当然不能说是因为韩进亮，她知道这么说了之后，她妈妈还是会袒护韩进亮。因为蓝黎知道，自己的父母根本恨不得韩进亮是他们的儿子。

没错，韩进亮就是蓝黎的儿时阴影，韩进亮就是蓝黎隔壁的“谁家小谁”。

后来，蓝黎终于不再受困扰。因为韩进亮对那些写情书给他的女生宣布，他不愿意喜欢谁，他只想要好好学习。

对啊，他根本是科学怪人，哪里需要感情啊。蓝黎就曾经亲眼看到过他用薯条蘸着蓝墨水吃，吃得一嘴蓝，吓得他妈哇哇大叫，他自己还说味道不错。

高中时期，他俩就不同校了。虽然偶尔还是能在回家的路上遇到，但是也是各走各的。后来，蓝黎家因为蓝黎爸爸工作调动搬了家。

再后来，蓝黎听说韩进亮出国了。蓝黎妈说：“小亮果然有出息，据说是去那边一个特别有名的实验室。”

科学怪人果然去做了自己该做的事情，蓝黎也觉得没什么可惊讶的。有一天晚上，蓝黎打开邮箱，发现一封写着韩进亮名字的邮件。点开一看，上面写着一段话“我行过很多的桥，看过很多的云，喝过许多种类的酒，却只爱过一个正当最好年龄的人”。

蓝黎实在难以置信，韩进亮会抄沈从文的话，所以看来看去，最终回了几个字："你是韩进亮？"

那边回复倒是很快："是，我是。蓝黎，你好吗？"

蓝黎心里那种复杂的感觉又升了起来，她想问他到底是发了什么神经病，但是终究还是没有问。蓝黎只是告诉他："我很好，你在那边过得怎么样？"

那边就再也没有回复了，蓝黎在心里暗暗骂一句："果然是个神经病。"

过了一阵子，趁着公司放假，蓝黎回家去小住，却听到她妈妈说韩进亮回来了。蓝黎妈兴高采烈，一副要迎接贵宾的架势说："小亮说要来看我们。"

隔了许多年，蓝黎再次见到韩进亮，蓝黎想如果在大街上，她一定认不出来他。他长高了很多，穿T恤和牛仔裤，头发理得极短，戴眼镜，变得很爱笑，牙齿洁白整齐。整日和老外在一起，一定受了很多浸染。

他说："蓝黎，吃得那么饱，我们出去走走。"

蓝黎实在不想去，无奈她妈在使眼色，只能硬着头皮去了。蓝黎想：韩进亮不是特地回来找我茬儿的吧？都过去这么多年了，难道他真的还在记恨我吗？

因为被那些女生围攻了之后的第二天一早，蓝黎跑到他们班去找韩进亮，当着那么多同学的面，蓝黎像疯子一样叫他出来，然后不分青红皂白就给了他一巴掌，骂了一句"浑蛋"之后，蓝黎就再也没有理过他。

俩人站在小区幽静的人行道旁，月色皎洁，照映在俩人身上。韩进亮说："我曾经以为自己不会爱，也不需要感情。但是，后来经过了一些时间，我终于知道，我真的喜欢过你。"

蓝黎吃惊地看着他，他笑起来，说："你那么惊讶干嘛？"

蓝黎开始觉得他在逗自己玩儿，后来想一想，问了一句："所以在被人起哄的时候，你才没有否认？"

韩进亮点点头，在蓝黎受到围攻之后，他才知道这种一厢情愿的事情，实在伤害了自己喜欢的人，所以他出来宣称他不需要感情。蓝黎哭笑不得地看着他，不知道怎么回答他。

"你不喜欢我吧，蓝黎？"

他认真地看着她，虽然过去了这么多年，他还是想知道结果。他想要知道，那个时候的蓝黎，是不是真的没有看清楚他的心意。蓝黎忽然被他看得心生愧疚，她知道自己真的没有想过喜欢他的事情，事实上，他一直是她的阴影，优秀、傲娇、不近人情。蓝黎偶尔会想起他来，也像想起一团乌云，压抑大过快乐。但是，她也并不能否认，只要一看到韩进亮的名字，心里还是会很复杂。她不想解开那段复杂，就这么由着它摆在那里。这么多年过去了，原来他们一起住的院子已经被拆掉了，甚至一起上学的学校，都已经搬迁到了新的校址。属于他们的那些记忆，也只是记忆罢了。

蓝黎点点头，不愿意去看他。他叹一口气，说："我有点不甘心，还是想要弄明白，所以才飞回来看看你。虽然已经物是人非。"

最后这句好像是在叹息，又像是在倾诉，让蓝黎心里有一点点的难过。最终，他又要独自离开，蓝黎还是去机场送他。他拥抱她，吻了下她的额头，转身快速进了闸口。

坐在出租车上，蓝黎收到他发来的一条短信，上面写着："醉过才知酒浓，蓝黎，谢谢你让我好好地喝醉了一次。”

蓝黎也说：“韩进亮，我想了想，知道那时候的我也并不讨厌你。”

坐在飞机上的韩进亮，看了看飞机窗外漂浮的云层。虽然结果让他多少有点遗憾，不过他知道蓝黎已经帮他告别了自己的少年时代，在那些永恒的记忆中，他们依然在闪闪发光。

准备好了，我们就喊一声“开始”

老花告诉我，他表弟又离家出走了。

“这次，你舅舅没有抓他回来？”我问老花。

“我舅舅大概是有点灰心丧气了。他跟那个浑小子说，希望你死在外面。”

我想，灰心丧气大概不至于，可能是被气得实在受不了了。老花的表弟，我们都叫他小宁宁。因为是独子，他妈妈简直把他宠上天。

老花看不惯他舅妈那一套，气呼呼地说：“安宁就安宁，喊什么小宁宁啊。简直是为老不尊，哪能教育好孩子。”

我劝老花息怒，因为舅妈毕竟是长辈。小宁宁从小就一副天不怕地不怕的样子，什么东西要不到，立刻躺在地上滚来滚去，撒泼耍赖。老花说他自己背地里没少教训那小子，但是这些辛苦都白费了。

因为一刻钟之后，舅妈啊，外公啊，就会把小宁宁要的东西双手奉上。

老花说："你们这样他会被教坏的！"

外公说："他是小孩子嘛，长大就会好的。"

结果直到外公去世，小宁宁不但没有好，坏脾气反而变本加厉。外公离开的那天晚上，小宁宁在外面和几个朋友喝酒。他爸妈打了好几通电话，他都没有接。等他醉醺醺到家之后，外公已经离开了。他被他爸胖揍了一顿，后来在外公的墓碑前，他哭着说："爷爷，以后你不在了，我爸再打我，都没人敢拦着了。"

老花看他哭得一把鼻涕一把泪，心里虽然难过，但也忍不住暗暗想：没人拦着才好呢，你小子就是欠揍。

高中开始，小宁宁被送到一所寄宿中学读书，逃课简直成了他的家常便饭。舅舅忙着公司的事情，根本没有时间管教他。舅妈又袒护儿子，他逃课的事情，舅妈也不敢告诉舅舅。

有时，舅妈十天半个月也见不到儿子一次，见到的时候，通常都是他没钱的时候。舅妈开始想要儿子好好学习，见一次劝一次："儿子，你不能总是这样。妈都帮你瞒着你爸呢，你爸要是知道，会打死你的。上次老师打电话来说，如果你再旷课三次，就被学校开除了。到时你爸肯定得揍你。"

"揍就揍呗，揍死拉倒。反正活着你们也只会让我读书，还不如死了呢。"

舅妈又气又恼，不知道该如何是好。她跑去向老花的妈妈求救，她说："姐，你们公安局那边能不能把宁宁抓进去，关他几天，省得他死在外面好啊。"

老花的妈妈，是小宁宁的姑姑，在公安局工作。她当然知道没事不能乱抓人，何况小宁宁还是未成年人。

舅妈说："我就怕他在外面出了什么事情，也不敢告诉老安，怕他气坏身体。"

老花妈妈说："那小子如果回家，你告诉我，我去教训他。"

一段时间之后，小宁宁终于回家了。满身是血、满身是伤地回了家。准确地说，他是在医院住了几个月之后才回家的。

他是在一起车祸现场被找到的。见到满身是血、昏迷不醒的儿子，舅妈吓得昏过去了。一家三口，两口住院了，舅舅再也无心工作，整天在医院进出。老花告诉我，那段时间舅舅瘦了很多，心里一直在难过，也一直在后悔。

小宁宁昏迷了一个星期，终于醒了过来，但从那天开始，他就沉默不语。医生检查一切正常，但是他就是不开口说话。

舅舅偷偷问医生："我儿子的脑袋不是被撞坏了吧？"

医生说："他没有被车撞，身上的伤应该是被打的，除了轻微有点脑震荡之外，其余一切正常，可能是受了过度惊吓，精神受到了一些刺激。等身体好点之后，也许可以接受一些心理治疗。"

有一天，老花去看小宁宁，见他一直盯着自己，老花咳嗽了一声说："你们都出去吧，我和安宁单独聊一会儿。"

舅舅、舅妈和外婆，还有老花的妈妈都只能离开。隔了一会，老花问："你小子还挺有毅力的，憋这么长时间不说话，当初我真是小看你了。"

小宁宁看着老花，脑袋上缝了针的地方还盖着纱布。他说："表哥，我从今天开始好好学习，还能学得好吗？"

"那就看你是不是真的想学好了，想学好，一定能学好。"

“表哥，你没骗我吧？我没你脑袋聪明。”

“没我脑袋聪明？”老花差点笑出来，“在我看来，你比我聪明一百倍。”

“表哥，我因为读不好书，所以才瞎胡混的。”小宁宁说完，低下头，一副垂头丧气的样子。

老花叹一口气说：“你有没有认真地好好地读过书啊？”

小宁宁想了想，摇了摇头。老花点了点头，说：“那你就认真地试试看好了。”

“表哥，那你会帮我吗？”

“我当然愿意帮你。你以为我过去为什么总揍你，就是想帮你。”

“表哥，你别以为我不知道。你是生气爷爷偏心，给我买东西，不给你买。所以你才趁着爷爷不注意的时候揍我的。”

老花哈哈笑，说：“哟，没想到被你小子看出来了。你看你多聪明。”

小宁宁出院之后，主动要求去学校。全家的眼珠子都快掉了出来，老花说：“哎呀，人总有幡然悔悟的时候。”

从那之后，小宁宁再也没有逃过学。努力地学习了半年，成绩也有了点起色。他有了信心，更加发奋图强。不过，最终还是因为要补回以前的基础，在家里休学半年，由家教和老花轮流指导。

我问老花：“小宁宁怎么会突然变了这么多，难道真的是因为那场车祸吗？”

老花说：“据那小子自己说，他好像是有必须做的事情。至于事情是什么，他也没有说。”

直到他大学毕业之后，我们才知道，原来那场车祸本该死去的是

这辈子
我要活得
酣畅淋漓

他，只是那个女孩救了他。因为喜欢那个女孩，他得罪了学校的一个小流氓，那小流氓纠结了一群人，追得他满大街跑。女孩为了救他，死在车轮下。

小宁宁说："我欠她一条命，她是家里唯一的女儿，我必须照顾她父母。"

但是，他缺乏信心，总觉得自己懦弱无能。住在医院里左思右想一直不开口，更不敢尝试迈出第一步。然而，人生总会面对转折点，也总是需要迈出尝试性的一步。

老花说："还好，他真的愿意努力，花费的时间和精力也的确没有辜负他。"

我想，小宁宁还是好样的，准备好了之后，还是对自己喊了一声"开始"。这一声开始，让他走上了一条新的人生旅途。

不是他们肯不肯爱，是你敢不敢试

有个女性朋友跟我抱怨说："为什么那些稍微有些能力的男人，都喜欢傻白甜呢？"

我说："你电视剧看多了吧？"

她立刻不服气道："什么电视剧，你看看，现实生活里更多。电视剧根本来源于生活嘛。"

电视剧的确有一些地方是来自生活，但是戏剧艺术总是有夸张的地方。至少，我认识的那些靠着自己的一身本事在社会上打拼、最终做出点儿成绩的男人，喜欢的女人大多是强有力的。

毛小利就是其中一个，他的女朋友是名副其实的女汉子。

毛小利毕业之后，有过一段艰难困苦的岁月。也实在是因为有女朋友在身边，他才慢慢地走出了阴霾。女朋友养了他有一年半的时间，毛小利给各大杂志、影视期刊投稿，但是没有回音。他后来坚持在网上更新自己的博客，又去各大网站的论坛刷存在感。终于，被一家影视杂志签约去写影评。但是，收入也很微薄。后来，博客的读者越来越多，网站编辑才联系了他，这样他的事业才逐渐开始走上坡路。

在那段黑暗的日子里，毛小利说自己一直在摸索，唯一能摸索到的实物，就是身边的女朋友。我们有时候在一起开玩笑，会问他的女朋友："小娟，你当时怎么愿意养着毛小利这个废物的？"

小娟笑一笑说："我没有养他，他替我分担了很多事情。"

小娟说的事情，就是家务活。毛小利有几道拿手好菜，就是在那段时间练出来的。那段时间，他除了写稿子、看书、刷论坛，就是研究菜谱。

小娟说："晚上回到家里，就有热气腾腾的饭菜吃，我感恩还来不及呢。人啊，当然不能什么都有。毛小利那个时候也不是在混吃等死，他在努力啊，我都有看到呢。"

每当小娟说这话的时候，毛小利就会热泪盈眶。他曾经跟我们说："小娟不比李安老婆差。"

我们笑着说："是啊，是啊，可惜你不是李安。"

可是，面对一个心怀理想却有点不务正业的男人，哪个女人敢那么样地去试一试呢？像李安的夫人一样，笃定地支持丈夫的梦想。我曾经问过小娟："你怎么就能肯定毛小利最终能站起来呢？"

小娟说："我当然没法肯定，但是我愿意让他去试一试。他又不是一个没有理想、没有目标、瞎胡混的人。如果真的是那样，我也不会和他在一起了。"

我们也知道，为了让毛小利试一试，小娟曾经有多么拼命努力地工作。我记得那天下大雨，大街上、地铁站里都是水，小娟见了客户之后，根本没有任何交通工具可以坐。她就那样举着伞，在雨里走，一直从西单走到了建国门。

到了建国门，才给我打了一个电话，问：“桐桐，你在公司呢吧？”

我说：“我在呢，下得这么大，没法回去。我先等等看。”

她就来找我，赤着脚，双手拎着鞋子，已经变成了落汤鸡。站在公司楼下的大厅里，她浑身都在滴水。

我埋怨她：“怎么不打个车啊？”

她笑笑说：“那些出租车司机，宰人呢！从西单到建国门，竟然要我三百块。当然不能给他们。”

我知道她不愿意给的原因，是因为那三百块是她和毛小利半个月的晚餐菜钱。我心里有些难过，转身去附近的超市买了一条浴巾，帮她擦干衣服和头发。

她说：“干嘛这么浪费，一会自己就干了。”

我说：“感冒了，不知道又要花好多钱。”

我们都笑起来，虽然都有点儿心酸，但还是很快乐。后来，毛小利境况变好，他们的日子也渐渐好起来。

有时，碰上什么国际电影节，毛小利也得去国外做采访。小娟就一个人照顾家里，还得带孩子。她的办法真是多，用妈妈带把孩子挂在胸前，去超市买东西时，一下子还能拎着两大袋子东西回家。

我说：“毛小利，你老婆才是名副其实的女汉子啊。”

毛小利笑一笑说：“谁说不是呢，她就是我强而有力的后盾。”

没错，所以他才化作一支长矛，在外面披荆斩棘。他忙的时候，小娟从来不会给他带来任何麻烦。甚至是搬家的时候，他因为要赶两部稿子都没时间帮她，她一个人收拾，打包，找搬家公司。

我问小娟："有时候是不是也觉得委屈？有时候是不是也觉得毛小利很讨厌？"

小娟笑了，说："当然，肯定的。心情不好的时候，我也会想，我要毛小利干嘛呀。但是转念一想，如果没有毛小利，这些事情我自己也必须会做。所以，也就不想啰唆。自己好好做完算了。"

我曾经看见有人提问说，什么样的女人才真的适合嫁人呢？回答者说，是那些内心真正独立，并且有能力养育孩子的女人。

我想，真正生活在现实世界中的男人其实都明白，傻白甜固然单纯可爱，但是如果真的想要经营婚姻，必须要找一个好伴侣。而那个好伴侣，无疑就是像小娟一样坚强、独立的女性。

而那些埋怨男人一旦拥有了社会资源，都开始喜欢傻白甜的女孩终究不会明白，这样的男人，其实终究不会愿意离开他们独立、坚强的妻子。他们对待那些傻白甜，终究会像对待远处吹来的花香那样，飘散一阵，过去之后也就结束了。

可是，要真的变成一个坚强、独立的姑娘，也是一件不容易的事情。又有多少姑娘愿意试一试呢？毕竟，人们都愿意做省心省力的事情。所以，傻白甜的确是让人羡慕嫉妒恨呢！

且将新火试新茶

互联网语言更替总是很快，早两年流行一场说走就走的旅行，近期又传某大型公司员工给老总写辞职信，上书：“世界这么大，我想去看看。”

因为互联网是年轻人的天下，因此生活的花样总是翻新。霍格沃兹的校长阿布斯·邓布利多老先生说：“年轻真好，还可以尝到爱的疼痛。”

说这话的时候，老先生已经一百多岁了。他的凤凰也已经经历了一次涅槃，所以他的感慨，应该有充分的情感依据。

年轻真是一件好事。杜甫先生一生困苦，诗词也多凝重愁苦。然而“剑外忽传收蓟北”时，他老人家竟然也写出了“白日放歌须纵酒，青春做伴好还乡”。心境忽然年轻了，好像春天一样，变得生气勃勃起来。

我想起我的小表妹。

小表妹在 16 岁时决定要去学习表演，遭到舅舅极力反对。他觉得她不务正业，认为正正常常地考一所高等学府，才是人生中最重要的事情。

小表妹说："如果我考不上电影学院，再转回来考别的大学，也还是来得及的。"

舅舅生气地说："那你就比别人落后很多了。一旦落后，再也追不回来了。"

小表妹完全不理会，拿着自己平时攒下的零花钱，独自一人北上。我在北京，她便来找我。我当时想，年轻真是好啊，这样的气魄，这样的勇于尝试，仰仗的全都是生机勃勃的生命力。三年尝试，小表妹终于如愿以偿。

只是最终没有读表演系，读的是编导系。后来考了研究生，留在学校做了老师。她并没有比同龄人落后多少。相反，比很多同龄人都要优秀。

有时候，说起自己的选择，小表妹也会感慨："如果当年听了我爸的，考一所不怎么样的大学。现在也不过是在小公司，做一个普通的员工。我爸的思想真的落伍了。"

我想一想说："其实，你爸也并不是落伍了，他只是不敢尝试而已。很多人，到了中年之后，便以为稳定才是最为可靠的。"

很多人自 20 岁起开始考公务员，三年五年一定要考上。就是因为想着到了 30 岁之后，一定要过稳定的日子。每天日出而作日落而息，吃饱了睡好了之后，什么也不愿意去想。

世界变成了什么样子，那关我什么事情呢？我想要的不过是安稳的幸福。

我问小表妹："如果在你中年之后，你的孩子要违背你的意愿，去尝试在你看来不怎么靠谱的生活，你是不是也会反对呢？"

小表妹说："我最崇拜的老师，廖一梅女士说过，'你的经验，你的教训，你受过的痛苦，你一次次的努力，你最终掌握的一点人生秘诀，对你的孩子毫无用处，他什么也继承不了。因为他要过属于他自己的生活。'"

这的确是人生箴言，不然一个生命活在这个世界上的意义又是什么呢？不然，年轻的、鲜活的、朝气蓬勃等这些词汇，造出来又有什么意义呢？

我的一个朋友，因为性格原因，衣服偏爱挑黑、灰、深蓝三种颜色。刚进入一家公司工作时，她还曾经被领导说过："姑娘，不必穿得那么压抑，换个白色试试。"

白色？她当然不会去试，因为她压根儿不觉得那颜色适合自己。有一次，跟着公司去郊游，不小心弄湿了身上的衣服，她自己并没有带可以替换的衣服。正好，同事手边有一件浅蓝色连衣裙，她实在不愿意穿，但是浑身湿淋淋的，也实在难受。

同事也不断劝她："就换上吧，把衣服晾在外面，一会就干了。"

她终于穿上那件浅蓝色的连衣裙，竟然惹得同事们惊叹："哇，真漂亮。你真是适合这个颜色，把你的肤色衬得更加白嫩。"

连她自己照着镜子，都不免吃惊起来："咦，这个真的是我吗？看起来的确比黑色、灰色和深蓝色好看得多。"

就这样找到更适合自己的颜色，生活又变得更加美好了。可是也有人常常会这样说，"那是因为年轻，穿什么颜色不好看呢？"这样理解生活，生活自然会一点点枯萎下去。

在我看来，且将新火试新茶这件事情，并不是只有年轻才可以去做。我记得我父亲快要退休的时候，整个人看起来精神都不好。工作一直占据着他生命中的一大部分时间，忽然之间让他停下来，他的不舒服，可想而知。

我说："爸爸，不如你去学游泳吧，对身体也好。"

他摇头拒绝，说："我这么大年纪了，还学什么游泳啊，肯定是学不会了。"

我偷偷在健身房给他办了健身卡，钱都花了，他无奈只能半推半就地去了。正好表弟的一个同学在教游泳课，父亲就跟着他学。10个课时结束了，他已经游得很好了。自此，有了寄托，一个星期至少去两次，精神也变得愉快很多。

所以，年纪大了就是问题吗？当然，每个人有每个人的活法儿。姑姑在 50 岁那年，去医院弄掉了自己的眼袋，整个人变得漂亮很多，好像年轻了五岁。

我也还记得我妈背后嘀咕说："你姑姑一把年纪了，也还是一样能作。"

我想，我妈也许永远不会理解像姑姑、摩西奶奶这样的人吧。一把年纪了，为什么还要去做无谓的挣扎呢？可是，如果牛顿不挣扎的话，怎么会发现地球引力；哥伦布不挣扎的话，怎么知道能证明地球是圆的？

这样固守着一种滋味过日子，并不是不好。但是，我想，那些无论年纪几许，依然用包容的、尝试的态度对待这个世界的人，世界也一定不会辜负他们的期望，让他们看到更多的可能，让他们尝到更多滋味。

最美妙的就是，在又一次尝试自己喜欢的新滋味时，会感受到那种焕然新生的喜悦。

这辈子
我要活得
酣畅淋漓

既然爱，就给自己一个机会吧

晓晶说她爱上林山的时候是 17 岁。那个夏天的午后，太阳狠毒地炙烤着一切。她搬着桌子，从文科班转去理科班。因为父亲忽然生病去世，她弃文从理。

她说：“我想要试试抓住生命的感觉。”

彼时，林山因为上课睡觉，冒犯了脾气暴躁的数学老师，正被罚站在走廊里。太阳晒得他蔫头耷脑，好像学校花坛里的那些植物一样。晓晶擦一把汗，将桌子放下，随后把手里的一瓶还没有喝的水给了他。

他抬起头来看着她，她说：“喝了吧，这样晒会脱水的。”

林山的眼睛里有一抹恼怒闪过，只那么一瞬间，他又低下头，打开瓶盖狠狠地喝了几口。晓晶将桌子由班级的后门搬了进去。那堂数学课，她根本不知道数学老师在说什么，新环境、新同学，一切都让她惴惴不安。

下课的时候，林山被数学老师叫到办公室。回来的时候，他倒是一脸惬意地走到晓晶的桌子旁，说："谢谢你的水！"

晓晶摇摇头，笑了一下，继续整理书本和课桌。她说那个时候她并不知道林山很受本班女同学的欢迎。理科班本来女生少，林山站在晓晶课桌边的举动，立刻引起了女生们的敌意。晓晶就这样被孤立了起来。

"就凭她也想勾引林山，也不看看自己是什么东西。"

"就是，一个乡下丫头，成绩好就以为自己了不起啊。"

上体育课换衣服的时候，晓晶听到几个女生这样议论自己。林山有什么了不起呢？顾晓晶不以为然地想，不就是家世好一些。在学校里，只有学习成绩好的人，才能够成为光辉闪耀的人。

林山却有意无意地接近她，他会拿着数学题去问她，说："学霸，这道题怎么做啊？"

一开始，顾晓晶还给他讲题。后来，议论声渐渐多起来，晓晶的自尊心无法忍受，开始躲避林山。她看到他朝自己笑，就没好气地迅速扭头离开。

林山问她题，她忍不住嘲讽一句："你家那么有钱，何不请个家教老师？"

她看见林山受伤的眼神，她分明感觉自己更难过。她快步离开教室，害怕眼泪就那么不争气地流下来。她铆足了劲儿，考得班级第一名。

班主任说："顾晓晶，我知道你目标是医学院，努力保持这个成绩，一定没问题！"

顾晓晶想，这有什么问题。她一个乡下姑娘，又新近遭遇父亲离世，除了拼命学习，她还能有什么别的选择吗？

林山说："顾晓晶，你来帮我补课吧，一个小时一百。"

顾晓晶当然缺钱，但是她毫不留情地拒绝了他。她说："林山，我一个乡下姑娘，除了学习一无所有，请让我安心学习。"

很久很久以后，顾晓晶都忘不了林山在那一刻看她的眼神。那是有点儿绝望，又有点儿寒心的眼神。那眼神分明在说："顾晓晶，我那么喜欢你，你怎么就是不领情呢！"

顾晓晶把自己逼到了墙角，有时默默地看着自己的影子，觉得孤单又可怜。拿到那个著名医学院的录取通知书时，她一点儿也不觉得喜悦。

她和我说："桐桐，你知道吗？人真的不是什么都能要的。我想要抓住生命，却不能抓住爱。"

林山出国了，他们下半生也许再也没有相遇的机会了。整个大学期间，顾晓晶就泡在医学院的实验室里，天天对着那些用福尔马林泡着的器官。

室友都看不下去了，纷纷劝她："晓晶，再这么下去，你会变态的！"

顾晓晶依然拼命努力，专业课成绩几乎都是优秀，又肯钻研，认真积极。临床系的两个带研究生的教授都问她，考不考虑报他们的专业，做他们的研究生。

顾晓晶最终选择了肝胆学科。那个教授喜笑颜开，说："顾晓晶，你看看你的一双手，天生就是拿手术刀的手啊。"

大三的时候，教授已经带着顾晓晶，开始让她接触病人，积累经验。顾晓晶没有想到，她会在病房里见到林山。他就站在那里，看到教授进屋，他迎上去同教授握手。

他说："李教授，这是家父。"

顾晓晶站在李教授身后，看着病床上病人的脸色，她心里有些不好的感觉。李教授说了鼓励病人的话，病人也笑着点点头。然而，看起来是那么虚弱无力。

她随着教授走出病房，林山还是跟出来，叫了她的名字："顾晓晶！"

她转过头，看到他站在那里，脸色不好，但是眼睛里神采奕奕。

她说："你爸爸的情况看起来不太好！"

林山笑一笑说："顾晓晶，你果然还是不改冷酷本性。外科医生真适合你。"

他留了她的电话号码，她依然没时间同他吃一顿饭。教授给的资料要整理，自己的论文要写，实验还要做。顾晓晶深深地叹一口气，看着林山发来的短信。

他说："顾晓晶，我父亲已经被你们那位李教授判了死刑。我该如何是好？"

那个太阳底下被晒得蔫嗒嗒的林山又出现在顾晓晶面前，她又该如何是好？她看着论文文档，关闭电脑，给林山打了一个电话。

林山将顾晓晶带到父亲面前，说："爸爸，这就是我和你说的女朋友，顾晓晶。晓晶，这是我爸爸。你们昨天下午时见过面了。"

病床上，那个被病痛折磨的人看起来苍老又疲倦，只是眼神依然有神。他笑着点一点头，说："姑娘，我这个不争气的儿子，还需要你多扶持他。"

顾晓晶被吓了一大跳，她完全不知道该如何回应，只能低着头站在那里。林山拉住她的手，离开病房之前，顾晓晶还是叮嘱了一句：“叔叔，你要好好休息，什么都不要想。”

林父点点头，说：“晓晶，这些水果，拿去和同事一起分着吃。”

顾晓晶忽然控制不住，眼泪就那么奔涌而出。她后来跟我说，那个下午，在住院部的走廊上，她抱住林山，完全不顾形象地痛哭起来。

后来，顾晓晶明白了，有些生命注定是抓不住的。自己的父亲如此，林山的父亲如此，还有很多很多的父亲、母亲、兄弟姐妹，都让她感到无力。

林山自国外回来，开始接手父亲的公司。他们都很忙，很累，但是只要有时间，一定要聚在一起，吃吃饭，说说话。

顾晓晶和我说：“桐桐，幸好，我们还有爱。”

我去参加她和林山的婚礼，看他们幸福地站在那里，互相凝视、交换戒指。我想，顾晓晶，真好，你还是给了爱情一个机会。

真心人到底是什么样的

老郁说很疲倦很累的时候，最害怕的事情，是接到深夜打来的电话。某天凌晨三点，有朋友在酒吧喝醉，打架闹事，朋友报出他的名字，酒保打来电话，让他带钱去接朋友。

约我喝下午茶的时候，他一副无精打采的样子。我叹一口气说："老郁，你何必把自己搞得这么累呢？你应该去睡一觉，何必还约我出来。"

他看了看我，忽然笑了起来，说："你真是我见过最不近人情的一个了。"

"当然，你顶着熊猫眼约我出来，还一脸无精打采，我以为你是不尊重我。"

他叹一口气说："我只是觉得很长时间没有和你一起吃饭，我们离得这么近，实在说不过去。"

没错，就是这句实在说不过去，这是他做人做事的态度。他说：“做人不能那么自私，当然要替别人多想一点。”

所以，他的朋友总是很多。而我呢，朋友真的没有几个。我同他，为人处世，完全站在相反的立场上。

我说：“过分的要求，当然不能理会。”

所以，我总是说他底线太低，总是搞得自己万分狼狈，总是委屈自己。

我说：“老郁，做人真的不需要那么多朋友的。何况，你那些是真朋友嘛？不信，你变穷，或者干脆变得傲娇一点，不理那些人试试，看看还有几个是你朋友？”

他当然根本不会理我，也不会跟我计较。隔一段时间，会打电话给我，和我吃饭或者是喝茶。就因为我表哥那句：“我表妹一个人在那里，老郁，你替我多照顾一点。”

他同我表哥并不是很熟，只是同届的同学，还不是同系。但是他说：“我已经和你表哥拍了胸脯，你出了事情，我当然得负责。”

所以，他不但约我吃饭，还筛查我身边的朋友。一开始，我以为他是个控制欲极强的人。所以，我尽量躲着他，不想跟他见面。

后来我渐渐发现，他对待身边的朋友，几乎都是如此。他对他们有求必应，能帮忙的，一定会帮忙。所以，他的人际关系一向很好。

我以为像老郁这样的人，在遇到事情的时候，一定会有很多人来拉他一把。然而，我真的错了。老花说我就是传说中的脑残，他说：“你以为老郁会不知道那些人都是些什么人吗？”

他的一笔生意投资失败，正是缺钱的时候，还有人来挖他墙角。那些人都是他平日好好相待的。我简直气极，又不能当着躺在病床上的老郁发火。

我只能打电话给表哥，向他求救。老郁却阻止我："别跟你表哥说，我再想想办法。"

"怎么，你觉得我表哥也会像你的那些狐朋狗友一样不理你吗？"

他没说话，隔一会才说："我是不想麻烦人。"

表哥后来跟我说："老郁上学的时候就是那样，自尊心很强，从来不大喜欢麻烦别人。"

"他是我认识的人中，脸皮最薄，也是最努力的那个。"表哥说，"这次无论如何我都要帮他。他这样照顾你，我应该感谢他。"

我说："表哥，你是不是应该劝劝他。有时候，像他这样做人，固然有很多人喜欢。但是，自己受了内伤，毕竟自己吃亏。"

表哥说："他这么大人了，难道会不明白这个道理吗？性格如此，实在不好办。"

度过危机、恢复身体的老郁，重新回到江湖上时，又是一副神采奕奕的样子。那些失去联络的人，又纷纷聚拢过来。他待他们一如往常。

我开始拒绝和他来往，我说："我从来不喜欢没有底线的人。"

他问我："什么叫作底线？都要像基督山伯爵一样吗？那么，谁又去做冉·阿让呢？"

我看着他，一时想不出反驳他的话。他笑一笑又说："黄蓉变成了小叫花子，郭靖一样对她很好。真情实意，没有任何改变。在你看来，郭靖是不是一个没有底线的人？"

"当然不是，郭靖是个有情有义的人，怎么会没有底线。只是，有时候他心有些软罢了。”

他看着我，等着我说完。我说完了，他点一点头，笑一笑，不再说话。表哥出差时来找我，老郁约表哥吃饭。

他们喝了几杯酒，开始回忆学生时代的很多事情。然后老郁倒满酒杯，笑着说：“来，我敬你。杨乐，大恩不言谢！”

表哥也没有多说，俩人喝了杯子里的酒。那是我第一次看见老郁喝醉，他就那么躺在饭店包间的沙发上呼呼大睡，一点没有设防，丝毫不怕明天醒来发现自己睡在冰冷的马路上。

我问表哥：“一个人喝完酒之后，怎么能那么失态呢？”

表哥笑笑说：“据我所知，老郁从来不会酒后失态。一般有需要喝酒的情况，他都会做点手脚，证明自己喝酒会起风疹。所以，一般也没有人会逼他喝酒。”

后来，我问老郁：“你不是不喝酒吗？”

他看一看我，说：“谁说我不喝酒的？我只是会起风疹而已。”

我简直要笑掉大牙了，把这件事情说给老花听。老花立刻板起脸来骂我：“你这个缺心眼子，怎么能随随便便戳穿人家的阴谋。”

至此，我才完全明白了老郁的做人原则。原来，在自己信任的人面前，他可以毫不设防地大醉一场，然后毫无顾忌地呼呼大睡。

老郁说：“人这一辈子，又能对几个人这么不设防呢？大部分时候，大家都是如常生活。只是在你落难的时候，那几个人就会站出来了。”

所以他对我表哥说大恩不言谢，而我表哥亦感激他照顾我帮助我。

我想起在电影《东成西就》中，段王爷不断找“真心人”的那一幕。我问老郁：“是不是你也想像段王爷那样找到了真心人之后，升仙成佛啊？”

他说：“那都是开玩笑。但是与人相处，要先真诚友善。不然，像刺猬一样，又怎么能认识真朋友。”

虽然不容易，虽然会受伤、会难过，弄不好会遍体鳞伤，但是总会遇到那些在风雨中拉你一把的人。

前提是，你要敢拿出真诚和勇气去试一试。也许有时候，也要问一句：“喂，你是不是我的‘真心人’啊？”

假如这个世界上只剩下你自己

钱果果同学最近因为相亲的事情简直烦透了，她几乎隔上个两三天，就会在朋友圈里吐槽，写一个大大的“烦”字。

我们吃饭或者是聚会的时候，一致躲着她，就算她会恼羞成怒地骂我们忘恩负义。因为，我们也实在烦透了她的唠叨。

钱果果是出了名的乖乖女，爸爸妈妈说东的时候，她绝对不会说西。钱妈妈说：“果果，大学毕业之后，你就找个男朋友吧。谈个两年恋爱，就可以结婚了。”

钱果果就果真找了一个男朋友，谈了两年恋爱。等她想要结婚的时候，男朋友却要离开她。钱果果哭着问：“为什么，你为什么要离开我，我对你不好吗？你要做什么事情，我都依着你。我到底哪儿不好啦？”

男朋友说：“你哪儿都好，缺点就是太听话了。”

钱果果开始迷糊起来，太听话也是毛病啊！那时候，她哭着跟我说："桐桐，我妈妈说，女人只有好好听男人的话，才能过好日子。大家不都是这样的吗，男主外，女主内。"

我简直哭笑不得，她还知道男主外、女主内。我问她："果果，女主内，要怎么主呢？"

"就是乖乖听话啊，让男人说了算，尊重他们。"

我说："果果，今天家里要买一台洗衣机，如果你老公忙，你会自己去选吗？"

"当然不会啊，他一定要去的。假如我做了决定之后，他不满意怎么办？"

"那么，衣服一般是由他来洗吗？"

"这个当然不可以，男人怎么能做家务。我爸爸在家里就从来不做家务的。"

"好吧，那么洗衣机是谁用得多呢？"

听到这里，她不说话了。我说："果果，这个太听话的毛病，真的得改改了。互相尊重固然重要，但是男女双方，如果一方太依赖另外一方，迟早会让对方生出厌烦的。"

钱果果脸上写着疑问，那分明是不相信。但是，男朋友就这样离开了自己，她又不得不找找自身原因。

钱妈妈说："果果，是那个人有眼无珠。我们果果这么可爱听话，他还跟你分手，等着以后后悔哭去吧。"

然而，不久之后传来的消息是，果果的男朋友迅速找了一个新女朋友。俩人的半年之后就步入了婚姻的殿堂。钱果果瞬间被击倒，她原来还想过，男朋友说不定会回来找自己。

自此，钱果果做出决定，恋爱结婚的事情，再也不听她妈妈的话。就这样一个人过了两年，钱妈妈实在担心，开始张罗着让她去相亲。

钱果果开始时无精打采，钱妈妈不断催促：“果果啊，你都 26 岁啦，不能等下去了。你看看你身边的朋友，还有几个没有结婚的，还有几个没有男朋友的呢？”

钱果果环顾四周，发现她妈妈说的是实情。于是就这样，她开始踏上了相亲路。过了几个月之后，我们都问她：“果果，有没有遇到合适的呢？”

她点点头，看起来还是那么无精打采。

她说：“这个男的吧，条件还挺不错的。所以，我们就先相处看看。”

我们只能暗暗叹息，大家都知道结婚在我们这个社会里，的确是件实际的事情。但是，钱果果却不是个实际的人。这个不实际的人说出这么实际的话来，正说明她在勉强自己。

果然，当她和那位男士要订婚的消息传来的时候，朋友圈里的钱果果崩溃了。

她说：“我不想结婚，不想结婚，不想结婚！！！”

现在都流行重要的事情说三遍，这是为了让我们知道她到底是有多么不情愿。

我说：“既然不愿意，那么为什么还要结婚呢？”

钱果果说：“我妈说，感情是可以培养的。我和他已经培养了半年多了，怎么就是觉得没什么感情呢？”

所以，钱果果还是那个听妈妈话的乖乖女，她一直在勉强自己。妈妈说那个男人条件不错，妈妈说感情是可以培养的，妈妈说结婚之后会越来越好的……

在一堆朋友之中，杨小猫是最喜欢在关键时候一刀见血的人。她说："钱果果，你为何一直要做妈妈的女儿呢？你已经快27岁的人了，你能不能试试做自己？"

这对于钱果果来说，真是人生的大难题。这么多年，她根本不认识自己，她甚至不了解"自己"这个词到底是什么意思。

可是，她说："我真的不想和那个男的结婚，一点儿也不想。"

杨小猫说："没错，那就是你自己了。钱果果，你想一想，如果这个世界上没了你爸妈，没了我们这些朋友，只剩下你自己了，你该怎么办呢？"

钱果果说："不会的，你们不要离开我。我也不能让我爸妈离开我。"

可是，这个问题她却不能不想。生老病死，人生哪有不散的筵席呢？钱果果愁眉苦脸了很久，最终还是没有跟那位男士结婚。

她说："长大真是一件痛苦的事情啊！原来有那么多苦恼啊！"

我们都向她伸出了双手，对她说："钱果果，欢迎来到成年人的世界！"

长大原本不是一朝一夕的事情。不过还好，我们都看着钱果果，开心地想，从她开始思考"世界上只剩下自己"这个问题的时候，她已经开始长大了……

这辈子
我要活得
酣畅淋漓

反正也不能爱你一辈子

那天下午，凄风苦雨，室外温度已经降至冰点。她接到他打来的电话。

“我已经到了机场，你来见我。”

她穿好衣服拿了包，站在楼下，打车的时候，冷风阵阵吹过来。她忽然伤感，眼泪流下来。

一辆出租车停下问：“女士，要去哪儿？”

是啊，要去哪儿呢？她还是坐上了车，说了一句：“机场。”

这么多年，他们有多少次是在机场见面的呢？简直没办法数清楚。因为他是空中飞人，总是因为各种事情飞来飞去。一号航站楼，二号航站楼，三号航站楼，哪里都有他的身影出现，那个他出现的地方，她一定会出现。

她问：“这次会在这边待多久？”

他说："说不定，得看需要开几天会。也许一个星期，也许三五天。"

他抓住她的手，问："你的手怎么这么冷，出来时应该多穿一点的。"

她有点生气，气他过来时从来不提前告诉她，她也气自己，他一个召唤，她就像条小狗一样，摇着尾巴赶了过来。

张爱玲说，爱上一个人，可以让自己低到尘埃里，在尘埃里开出花来。是的，她的确是开出了花，因为那朵花，她感到无比的快乐。

她问他："我们能这样相爱一辈子吗？"

他说："你不离开我，我就爱你一辈子。"

她问好友："我真的可以和他一辈子相爱吗？"

好友摇摇头，沉默地看着她。

情势并不乐观，因为他始终没有和他妻子离婚的意愿。他同妻子是患难夫妻，他没钱没地位时，妻子便陪伴左右。现在，他终于有了自己想要的一切。

他对她说："我妻子为我付出太多，我不能离开她。"

她理解他，爱惜他，她说："因为他不同妻子离婚，我才觉得他是个重情重义的人。"

这是她爱他的理由，也是她一直待在他身边的理由之一。

好友说："你不过是给自己找个借口罢了，你是个懦弱的人，而他是个自私的人。"

她渐渐疏远好友，她知道自己的这种感情在世俗世界里最终不会被支持。所以，为了爱他，她疏远了好多人，包括自己的父母。

他们的感情，大多数时候都是在电波状态下进行的。互联网、电话、微信，等等，所有的通信设备，都是他们爱的见证。还有，就是飞机场的三个航站楼。

只要他飞过来，她便第一时间出现在他面前。她也常常会问自己："我真的就这样和这个男人一辈子如此吗？"

没有人能回答她这个问题，因为她从来没有试着去否定过这个想法。但有很长一段时间，他不与她联系，否定的想法便开始不断出现。

忽然有一天半夜，他打来电话说："明早六时，我会飞过去。你到机场来找我。"

她心生怨念，说了一句："凭什么？"

他在电话那头，半晌没有回答。原来，他早已习惯，忘记了她也是一个有感情的人，不是那些令人摆弄也不恼火的布偶。

他终于道歉，说："对不起。"

声音听起来遥远而又生疏，她不喜欢、不习惯，感觉好难过。但是，心里还是有个微弱的声音提醒她自己："这种召之即来挥之即去的感觉，是爱吗？"

不是吗？都已经这么多年了。她都已经习惯了，习惯了那个变成爱情傀儡的自己。

外面不知道什么时候下起了雨，她看了看灰沉沉的天空，说："我明天一早还要开会，不能去机场。"

他说："那么，我到了住处之后联系你。"

她说："再说吧。"

挂断电话之后，她觉得胸闷难忍。打开窗户，冷雨随着风吹进来，她深深吸了一口气，觉得好了很多。然而，关上窗户的时候，她还是忍不住流下眼泪。

已经这么多年了，她仔细回忆他们第一次见面的情形，好像是不久之前的事情。他替她挡酒，扶着她回住处。

他说："女孩子，要好好爱惜自己。那么拼，弄坏身体怎么办呢？"

从小到大，没有人这样关心过她。即使是父亲，亦不曾在她受伤的时候拥抱、安慰过她。他们都以为她很坚强，不需要爱，不需要眼泪。只有他看出她的脆弱，她的无助。

他说："别担心，不是还有我嘛。来，抱抱。"

她无数次地想，那个拥抱真是有很强的治愈作用，让她这么多年，死心塌地，不做他想。

后来，好友问她："你是为了贪恋那拥抱的温暖，还是真的爱他呢？"

她无言以对。

她想，爱情这种事情，是说也说不清楚的啊。或许因为拥抱，或许因为感动，或许因为温暖。

不过，她也开始试着不再联系他。

人生总是要戒掉一些东西，不然怎么能刷新自己？而她需要戒掉的，就是这份感情。

她不会再及时回复他所有的消息，他问："怎么了，出了什么事情？"

隔很久，她才说："没什么，都挺好的。"

终于就这样，慢慢断掉了和他的所有联系，还搬了家。偌大的城市，他也找不到她。她就这样消失在了茫茫人海。

好友和她说："他在找你，到处找人打听你的消息。"

她想，还是要告别。于是，写了一封邮件给他，说明自己想要重新开始，希望他和他的家人可以好好地生活。

他问："这么多年，为何非要现在离开？"

她说："我终于想明白，我不能爱你一辈子。反正总是要离开的，也不在乎这一时还是那一时。"

就这样，她走上一条没有他的路。

前路不知道是好是坏，也不知道能不能重新再爱上其他人，她还是选择这样走下去。

第六章

别人帽子的尺寸，不一定适合你

- 为何你非要他做别人
- 因为你要变美丽
- 甲之蜜糖，乙之砒霜
- 嫁人一定不要嫁××样子的
- 东施如果勇敢做自己……
- 霸道总裁就那么好爱吗
- 美丽的事物，要花很多心思守护
- 你跳你的恰恰，我唱我的啦啦啦
- 关于王子和公主的幸福

这辈子
我要活得
酣畅淋漓

为何你非要他做别人

我的小侄女，今年已经 12 岁多了，叛逆期悄悄地到来了。表现就在，如果她妈妈让她穿白色衣服，她一定穿黑色的。

她问我：“姑姑，我穿白色好看，还是穿黑色好看？”

我看了看说：“那件黑色的衣服，样式太老气，不适合你。”

她点一点头，拿起那件白色衣服说：“那么，我还是穿这件好了。”

于是，她高高兴兴地穿了白色去上学。嫂子在后面叹息：“为何我说话她总是不听。”

我说：“因为你给出的选择是‘要么……要么……’，我给出的答案是‘如果……但是……’。你希望她做那个你理想中的小孩，她为了做有个性的自己，一定会顶撞你。”

每当这个时候，我的嫂子就假装听不懂，常常感叹一句：“唉！儿大不由娘。”

事实上，很多爹娘都是这么做，这么想的。在他们看来，我是一个外人，无关痛痒，说话和做事均可以不负责任。孩子是他们亲生的，一定要塑造成他们理想中的样子。

我的小侄女，在很小的时候，就被迫去学习很多东西，包括书法、钢琴、舞蹈，等等。这个三年，那个两年。最后，被她通通丢到脑后。

她自学校回来，发了一顿脾气说：“老师不会因为我写字好看表扬我，如果我考试不及格，照样丢脸。”

只有一样最喜欢的，一直没有丢掉，那就是读书，读各种各样的书。嫂子一直感慨地说：“我真希望她钢琴考过十级，成为像朗朗那样的人。”

我想，谁不想呢！父母都希望自己生一个天才、全才。聪明无比，伶俐活泼，值得自己炫耀和夸奖。但是，孩子往往不屑一顾。他们只是想要尽情去做自己喜欢的那个自己。

父母的成长中经历了多少弯路，跟他们全无关系。那些弯路他们照样义无反顾地踏上去，非得经历之后，才能长大成人。

我的小侄女，也注定不会成为像朗朗那样的人。因为自小学三年级开始，她便放弃了钢琴练习。偶尔还会去一下书法班和绘画班。其余的时间，全部都用来读书。

嫂子教训她：“读那么多书干嘛，又是闲书，对你的学习也没有多少帮助。”

小侄女说：“妈妈，你是会计，账算得真好。但是，我也没有期望你可以变成巴菲特。”

嫂子大眼瞪小眼，虽然她善于理财，但是她压根不知道巴菲特是谁。我站在一旁苦笑，明白小侄女涉猎广泛，对很多事情已经有了独立的见解。

这让我哥哥有些伤感，又有些得意。有时，他会跟我说："现在她已经长大了，会质疑我跟她说的一些道理。并且，她懂得自己寻找答案。我完全失去了抚养她的乐趣。"

我说："你是失去了掌控的乐趣吧。"

哥哥无奈地摇摇头，又苦笑着点一点头。孩子最终没办法变成父母理想中的那个样子，更多的时候，他们需要去寻找那个自己喜欢的自己。

不过，不能否认的是，很多父母眼中的好孩子，还是会循规蹈矩，依着父母的理想，让他们来塑造自己。

比如，我认识的一位姑娘。母亲希望她打扮得漂漂亮亮，找个好人家嫁了，她完全照做。母亲生活的轨迹，她就照着走一遍。

然而，她遇到的男人，却不像她的父亲那样。她的父亲是个顾家且有责任心的男人，她的丈夫看起来是出生于好人家，父母均为老师，家庭关系简单和睦，然而，他却有个难以忘记的前女友。和她结婚前，他和她的前女友一直还在联系。

结婚没过多久，她便发现丈夫与前女友的聊天记录。这个时候，她完全不知道该怎么办。于是，她去请教母亲。一辈子和一个负责任的男人生活的母亲，先是生气，然后是伤感。

最终，说出一句话："人与人，真的有很多不同。"

当然会不同，世界上本没有两片完完全全相同的树叶。母亲婚姻成功，便觉得自己走的那条路是对的。于是教给女儿自己的体悟心得，让女儿做第二个自己。然而，女儿却面临不同的道路需要走。

这真是令人伤感的事情，理想和出发点都是好的，遇到的问题却比别人棘手千倍百倍。很多心理学家说，人要学会给自己做心理建设，这是非常重要的事情。

可是，我认识的这个女孩，她的心理建设，都是由她母亲来做。这次，她母亲也完全被击溃了，她更是痛苦不堪。

《少有人走的路》一书的作者 M. 斯科特·派克说："人生的真相便是苦难重重。"少数人的幸运，并不能代表大多数人无须经历苦难和淬炼。

我想，如果那位母亲一早告诉自己的女儿，你的人生是你的，你需要经历困难，解决问题，培养负责任的能力，那么，事情扑过来时，就可以兵来将挡水来土掩了。

这辈子
我要活得
酣畅淋漓

因为你要变美丽

我认识的一位姑娘，有个非常特别的爱好。每当电视屏幕上出现新的化妆品广告时，她在第二天就一定会去购买使用。大概两个星期之后，我就能听到她怒气冲冲的控诉：“骗子，这些做广告的明星都是骗子，根本不像广告上说的那样有效果。”

我说：“广告就是这样啊。广告和消费者的关系，就是周瑜和黄盖的关系。”

姑娘根本不服气。因为在她的理解中，用了那款明星推荐的产品，就一定会变得像她们那样美丽。至于镜头、灯光和化妆效果，她一概忽略不计。

我问她：“难道你用产品的时候，不会想一想，也许这款东西不适合你的肤质呢？”

她摇摇头，说：“适不适合，当然是用了之后才知道啊。”

所以，她根本不去想适不适合，只是一直在试用。但让我感到奇怪的是，她一直没有遇到适合自己的。

她说："也不是没有适合的，只是那些产品没有让我像明星那样变漂亮。"

原来，她要的是镜头下的美丽，而且是忽略了各种综合因素的美丽。我劝她去拍一组艺术照，通过光与影，可以让自己变得很漂亮。

结果她真的去拍了，拍完之后，发现连自己看着都别扭，最后，一张也没有挂出来。然后，只能感慨一句："我真是不上相。"

我想，有些人是这样的，在实际生活中要比镜头上漂亮许多。然而，想象之中镜头下的自己，一定像玛丽莲·梦露一样美艳无比。知道结果之后，当然要感慨自己命运不济，却总是意识不到，寻找真正属于自己的美才最要紧。

就像我的朋友杨小猫，常常会批评一些穿衣难看的女孩子一样，言谈之中，常常难掩悲愤无奈。

有一次，她指着一位女孩说："你看看，难道她以为穿上那件衣服，就真的可以变成林志玲吗？"

那个女孩正在商店的镜子前试穿一款林志玲代言的衣服，那衣服的样式一看便知，是为瘦高女孩设计。所以，对于个子不高的女孩来说，穿上只会让人觉得压迫和沉重。

每到此时，杨小猫总是难过叹息，说："培养好审美能力，真是一件极其重要的事情。"

我说："哪个女孩不想美丽呢，你总得允许她想象一下吧。"

她立刻摇摇头说："她不会只停留在想象中的，你看着吧。"

果然，那位女孩在店员的极力推荐下，高高兴兴地付了款，拿了衣服走出店门。那一脸的沉醉与喜悦，仿佛真的拿到了一件可以让她变身为女神的利器。

我说："杨小猫，世上又有几个女人能像你一样，清清楚楚地看明白，自己到底适合什么样的东西呢？不要苛责，快乐就好。"

她说："当然要快乐。埋首在整箱整柜，弃之可惜、穿着又不好看的衣服上面，真是快乐。"

她的不屑神态，倒是让我想起一位著名设计师李大齐说过的那句话："没有什么时尚不时尚的，适合你自己的，才是最时尚的。"

然而，到底又有几个人能找到适合自己的呢？没有谁可以像奥黛丽·赫本那样，穿什么都美丽，都光芒四射。

我记得一位朋友，曾将她作为偶像。发誓赚钱之后，一定要买一件她穿着走过纽约第五大道时的小黑裙。当然，最终她梦想成真。但是，最后也只能挂在衣柜里，静静地任它落上灰尘。

"为什么不穿着去逛街？"我问她。

她苦笑说："因为我腰身不够细，腿不够漂亮，穿上实在不好看。因此，也没有勇气去穿。"

镜头之外的世界如此残酷真实，不美丽就是不美丽，不适合便是不适合。我的朋友也十分清楚，即使穿上那件小黑裙，她无法变成奥黛丽·赫本。

她说："那样反而会让我更自卑。"

所以，不如寻找适合自己的更重要。比如，她穿设计风格简单且颜色明亮的服饰，可以显出活泼跳跃的气质，我们只觉得这个时候的她，才是最漂亮的。

她回归到属于自己的领地，终于找到适合自己的，难免感慨一句：

“不知道有多少姑娘，还在为不适合自己的瓦伦蒂诺而努力。”

没关系，人生总是需要努力的。适不适合瓦伦蒂诺的礼服不说，不能不允许人家为之而努力。毕竟，没有人像杨小猫那么幸运，一开始便知道自己适合什么，不适合什么。

因为要变美丽，所以才会不断努力。最终，都能找到适合自己的，展示出最美的那一面，才是最重要的事情。

甲之蜜糖，乙之砒霜

老花喜欢吃榴莲，我闻到那个味道，就会恶心作呕，恨不得夺门而逃。他常常感慨我不懂欣赏，他说：“这么好吃的东西，你怎么不知道它的妙处呢？”

我捏住鼻子，不耐烦地冲他嚷：“贝多芬第五协奏曲还好呢，你又知道它的妙处在哪里？”

真的是不能勉强，一人一个爱好。所以，人们常常说，你的蜜糖，我的砒霜。适合不适合，喜欢不喜欢，大多数时候，是特别私人的东西。

最怕那种人，自己喜欢一件事物，偏偏要拉着身边的人一起去爱。如果你不喜欢，他便会缠住你，问个不停：“你为何不喜欢？为何你就不能喜欢一下？”

为什么要逼人如此，没有共鸣，无法产生好感，当然就不喜欢。我记得大学一位室友，喜欢一位唱歌的女明星，她拽住我们寝室的每位同学，强烈推荐这位女士的歌曲。

有时，她还会开着喇叭，让女歌手有些走调的歌声充斥整个寝室。有室友终于怒不可遏，冲上去，关掉她的喇叭，愤愤说一句："你喜欢戴上耳机听就好，干吗让我听这么难听的东西。"

俩人的关系，一度因为这件事情闹得非常僵。我们只能在旁边劝解。虽然我们都不喜欢那位女歌星，但是没有冲上去关掉那两个喇叭。

不过，这件事情之后，我们都学会了尊重。也都渐渐明白，哦，原来自己喜欢的东西，别人不喜欢的时候，还是不要勉强为好。

然而，有人却不喜欢这样想。比如朋友小奈，一个家庭幸福美满的姑娘，她总是不允许有孤独的人存在。

如果朋友圈子里有谁单身，小奈一定会到处张罗，给人家介绍对象。这种热心，我们都看在眼里。有时候，我难免也会劝她一句："小奈，不是谁都愿意有对象的。"

她一脸吃惊地看着我说："你怎么能这么想，谁喜欢单身啊？谁不愿意有个伴啊？你这种人就是自私自利，觉得给别人介绍对象是件麻烦的事情，是吧？"

我当然不会觉得麻烦，只是张小松觉得麻烦而已。他在小奈的盛情之下，已经见了十多位姑娘，但是，没有一个人让他愿意接近的。

张小松私下跟我说："谈恋爱这件事情，我觉得很麻烦。我已经习惯一个人了，没事可以跟朋友聚聚，或者是自己去看一场喜欢的话剧和电影。资金宽裕一些时，我还可以自驾游去各地转转。我真的不喜欢恋爱结婚这种事情。"

所以，他希望我可以告诉小奈，不要再为他介绍结婚对象了。

我说：“你自己为什么不告诉她？”

张小松说：“她太热情，看起来又没有恶意，我实在是不好意思。”

他不好意思，所以这差事就落在了我头上。老花因此嘲笑我：“你真是狗揽八泡屎。”

他是不想看到我干涉别人的事情，因为他无数次私底下声讨过小奈。他说：“桐桐，你怎么能有小奈这种朋友呢？她根本不懂得什么叫尊重。”

我说：“她只是希望看到天下人都幸福美满。”

老花撇撇嘴，说：“她怎么不问问那些非洲饥民，为何不食肉糜？”

我无法辩解，小奈也并非恶意。她的脾气就是如此，况且是生在幸福的家庭，一路走来，顺风顺水，根本不知道历经苦难的人的内心是如何沧桑。当然，她也一定不理解，孤身一人的张小松，为何不想找女朋友。

她给我打电话，问：“桐桐，张小松的电话为何接不通？上次给他介绍的那位姑娘，人家觉得他不错，还想要见面。”

我说：“张小松已经委托我做了他的发言人，他说他不想见面。”

小奈听了，大吃一惊，在电话里失态地喊着：“张小松到底要怎么样啊？我介绍了那么多漂亮的姑娘给他，他怎么一个都看不上？他到底想找个什么样的姑娘嘛？”

我说：“小奈，张小松其实不喜欢谈恋爱，更不喜欢结婚。”

电话那边没有了声音，隔了一会，她才问了一句：“他是不是有什么毛病？”

“没有，他很好，一切正常。”

“可是，他怎么会不喜欢谈恋爱和结婚呢？我真是无法理解，他一定是有毛病吧？”

我实在没办法向她解释清楚，有人就是不喜欢她喜欢的事情。然而，我也清楚，站在她的角度上，是没办法理解这件事情的。

老花说：“她没办法理解，就尊重人家的选择好了。干吗要勉强别人，硬是把自己的喜好强加给别人。桐桐，你离这个脑残远一点，别被她传染了才好。”

我当然不喜欢老花这样刻薄，但是我也不知道该如何为小奈辩解。因为她的确一向如此，自己喜欢的东西，一定要拉上自己的朋友，让大家都喜欢。

我说：“老花，你吃榴莲，我不喜欢。你不是也嘲笑我不知道这东西的妙处吗？”

老花点了点头，说：“我以后再也不这样了。”

生活中，每个人都难免遇到像小奈这样的朋友，没有什么恶意，只是完全站在自己的角度，想着自己喜欢，别人也一定会喜欢。这样推来拉去，让人家表面不好说“NO”，心里却打定主意要远离她。

张小松最终删掉了小奈的联系方式。他摇着头无奈地说：“我最不能理解的是，为何她老公能受得了她。”

我想，世界就是这样奇妙，你厌恶至极，别人或许会视为珍宝。只是千万记得，无论如何，尊重别人的喜好最重要。

嫁人一定不要嫁××样子的

哈姆雷特是什么样子的呢？一千个人有一千种看法。杨小猫说：“如果你去读女性的爱情故事，就会发现每一个爱情都有她们自己理解的样子。”

我完全赞同这个看法。因为我那些已经结婚的朋友，经常这样警告我。

小 A 说：“桐桐，你嫁人一定不可以嫁异乡人，这样你会产生巨大的困扰。结婚之后，那种身处异乡，没有家人、朋友的孤独感，会让你常常想要流泪。”

小 V 说：“桐桐，如果你结婚之后，千万不可以和婆婆生活在一起。最好逃得远远的，三年五载见一次最好，不然真是鸡毛蒜皮、麻烦缠身。”

W 说：“作为比你年长的人，我劝你一句，结婚之后，婆家和娘家都不要离太近，不然不利于你小家庭的幸福和成长。”

Y说：“我是男性，在我看来，你们女孩子找男人，还是找知根知底、同一个城市长大的人比较好。这样了解起来快，而且你们长在同一个地方，共同话题多，默契建立起来比较容易。”

这些言论，常常会让我捂住耳朵。简直是小马过河，我就是那匹小马。大象说水浅，猴子说水深，我到底要自己尝试看看。

生活也许本就如此，加诸在个体身上的事件不同，加上每个人的受教育程度、成长经历、家庭环境等诸多因素的不同，往往看到的事情真相便有所不同。

譬如，我的两个朋友去看同一部电影，回来问他们情况，往往是两个极端。一个说：“非常好看，无论是故事、镜头语言，还是导演所做的努力尝试，都让这部影片成为上乘之作。”

另一个说：“简直糟糕透顶了，故事根本不完整。我都不知道导演要表达什么，台词太少，长镜头太多。我不懂导演的潜台词是什么。”

我知道这两个人脾气秉性完全不同，而且看电影的角度亦不同。一个全面综合去看，一个只从故事角度去看，得出的结论当然迥异。

不过，我能辨析清楚，是因为我认识并了解他们。倘若对不熟悉的人，我完全没有办法凭经验去做判断。

我的朋友小茜找我说：“桐桐，我最近喜欢上一个人。但是，我身边的一些朋友都反对我们在一起。我该怎么办？”

我问她：“这是怎么样的一个人，为何大家都反对？”

她说：“他是摄影师，结过两次婚。上面的两任妻子，都活泼美丽。”

我说：“那么，大家为何又反对你们在一起？”

小茜叹口气，一脸沮丧。她说："因为我没有那前两任妻子漂亮，大家说他只是想要换换口味，才和我在一起的。桐桐，你说，我该不该和他在一起？"

我想了一会儿，只能老实回答："不知道。"

她说："你最起码给我一点中肯的意见吧。"

我说："对于感情的事情，任何中肯的意见，都不能代表你自己的感受。"

我了解小茜，她是一个内向的姑娘。而且，因为并不漂亮的外表，她常常会感觉自卑。这位摄影师是她在一个聚会上认识的。他拿着莱卡相机，为她照了一张照片。

他说："姑娘，你的侧影真漂亮。"

他找到了她最美丽且她自己都没有发现的东西。他将照片交到她手上，她看着那个角度的自己，心中既惊讶又陌生。

她说："你是不是用了 PS？"

他哈哈大笑，他说："我如果用这个技术，就不会用这么贵的相机拍你了。"

她将照片放大，放在家里。朋友见到都会问一句："咦，这是谁？看起来性感又美丽。"

小茜躲在一旁，心里快笑翻了，嘴里只是说："你猜猜看。"

照片后来我也见到了，我和小茜说："我完全理解你为何喜欢这个摄影师。"

她终于找到了一个肯定她的人，于是又急急地问我："那么，你说我们应不应该在一起？"

我说："这个还是需要你自己确认。"

一段时间之后，我从一个朋友那里得知，小茜已经和摄影师准备登记结婚了。他们去了希腊，小茜说她一直想要去圣托里尼，看看那些蓝色屋顶、白色墙壁的房子。

那个地方，摄影师已经去过三次。但是，他还是快乐地陪着小茜重游故地。他为她拍了很多漂亮的照片，有她本人的，有风景的，有那种随意的，又有蕴藏某种永恒意义的。

我再见到她的时候，她整个人都变了一个样子。皮肤虽然被太阳晒得有些黑，但是人看起来愉快又活泼。

我问她："小茜，和摄影师结婚快乐吗？"

她点点头，满脸都是笑意。她说："桐桐，你说得对，这种事情，谁都不能代表自己的感受。"

她和他在一起，渐渐变得开朗，变得更加积极向上。她说："他的照片，总是让我看到生活里很美很好的地方。我想，有这么多美丽的东西，我何必沮丧。"

在她看来，这是她与他在一起最值得的事情。所以，尽管大家都不看好这段感情，她还是快快乐乐地和他在一起。

正所谓如鱼饮水，冷暖自知。爱情这种事情，尽管也有一些规律可循，但是，当个体承担这件事时，每个人的感觉都不大相同。

所以，个人只说个人的经验，一条鱼有一条鱼的快乐。

东施如果勇敢做自己……

西施捧心，虽病犹美。东施在自家院子里，坐在秋千上，高高地荡起来，风儿吹过来，吹得她的裙摆飘呀飘呀……她心里高兴，咯咯笑起来。引来很多路人停驻，大家说：“这是谁家姑娘，笑得这样放肆无礼。”

有位大胆少年，找来梯子爬上去，越过墙头见到东施本人，才知道，原来这姑娘就像她的笑声一样活泼伶俐，健康积极。

少年上前作揖道：“姑娘，请恕我冒昧，想知道姑娘芳名？”

这是我中学时期，看到东施效颦这个词的时候，进行的一番改写。现在拿过来看，只见上面老师写着这样的评语：“想象力值得表扬，原词本意还是要肯定。”

那时候，我是替东施不值的。为何要模仿西施呢，把自己弄得比原本面貌还丑，真是不应该。渐渐长大之后，我才知道，模仿真是人类的本能。

譬如，那时候，男歌手和男演员都流行剪一种叫“蘑菇头”的发型。是明星造型师专门为他们设计的。他们顶着这样的发型出现时，看起来活泼又亲切，像邻家大男孩。

我们学校的很多男同学也纷纷效仿，校园里一时之间都是“蘑菇”。有人剪这种发型的确好看，有人看起来却十分糟糕。

我的同桌，一个有着瘦长脸型的男生，去理发店悄悄地剪成了“蘑菇头。”结果，整个脑袋看起来就像一个胡萝卜。

我说：“我觉得还是原来那个发型适合你。”

他不服气，瞪着眼睛说：“你懂个屁呀。”

我实在气不过，就在他背后悄悄贴了一张纸，上写几个大字：我是胡萝卜。后来，这个外号就这样传播开来。他简直气炸了，又去理发店里重新剪掉了头发。

我想，明明不适合，非得要弄成那个样子，被嘲笑也是活该的。那段时间，他因为胡萝卜这个外号，着实自卑了好一阵子。

等我意识到自己做错了的时候，已经是毕业很久的事情了。在一次同学会上，我又见到了他。他已经变得大腹便便，是两个孩子的父亲了。

我说：“对不起，胡萝卜。”

他笑着摇摇头，摆着手说：“嗨，想想那个时候真是傻啊。那个发型的确是够丑的，我家里还有一张那个时候的照片。我自己看着照片时，常常会想，猪头啊，这个发型真是让你丑爆了！”

有另外一个同学在一旁哈哈大笑，说：“看吧，这就是东施效颦的下场。没有最丑，只有更丑。”

我知道，对于年少的我们来说，别人都说美的东西，我们一定也会跟着去。因为那时候，我们并没有一个标准。更不知道，什么适合自己，什么不适合。

明星的服饰、头型，提的包包，都是我们以为美的标准。其实，他们只是选择适合他们的而已。因为我从来也没有见过张学友和刘德华穿同样的一件衣服。他们的造型师，会设计出最适合他们的造型，从头到脚，一丝不苟。

很多年之后，遇到杨小猫，和她讨论这个问题时，她说：“也并不是没有标准，不然就不会有黄金比例这件事情了。”

当然会有一个标准，只是在自己身上找到这个标准，才是最重要的。那顶帽子，别人戴起来漂亮又时尚；换作你来戴，瞬间让你变得又丑又奇特。你也不是喜剧演员，为何要扮丑取悦别人。当然还是漂亮一些比较好，所以要找到适合自己的那一顶。

就像那位叫胡萝卜的同学，我和他说：“你现在还会追求流行吗？”

他说：“现在流行的是什么呢？我已经上了年纪，我老婆说，衬衫和牛仔裤最适合我。我就一直这么穿。”

他的确穿着白衬衫和牛仔裤来参加聚会，脚上是一双休闲皮鞋，头发剪得短短的，看起来干净又清爽。

当年那个顶着不适合自己“蘑菇头”的少年已经长大了，他完全不再去关注那些明星流行什么样的发式，穿什么样的衣服。他已经找到属于自己的，只对自己合适的。

杨小猫说：“对啊，适合自己的，就是因为找对了属于自己的黄金比例。”

我想，也许每个人都要经历这样一个阶段。东施模仿西施，也只是一个阶段的事情。因为后来东施怎么样了，是不是还在模仿西施，也没有人再做相关记录。她总是有清醒过来，发现自己并不适合这种模仿的时候。

清醒过来的人，也许会像胡萝卜同学那样，对着照片中那个丑丑的自己说一句：“当年真是个货真价实的傻瓜啊！”

又有几个人没有做过傻瓜呢？阿飞清醒过来时，最终离开了林仙儿。他对李寻欢说：“我终于想通了。”最终从一段令自己痛苦不堪的感情中抽身离去。

不过，在回首时，也还是要感谢那个曾经做了一次傻瓜的自己。如果没有那个傻瓜站在那里，我们又如何找到最适合自己的东西。

这辈子
我要活得
酣畅淋漓

霸道总裁就那么好爱吗

杨小猫和我说："现在的小女生最喜欢的就是霸道总裁。"

我说："总裁还不行，还一定要霸道？"

杨小猫笑着点点头，指指邮箱里的一封信，说："你看看。"

那是一封读者来信，匿名，请求杨小猫支着，提出的问题是——如何让霸道总裁爱上我？哗！真是厉害。这种问题，到底该如何解答呢？

杨小猫笑着说："霸道总裁不会爱上你，你爱上他就好了。"

我觉得杨小猫实在不负责任，但是她全不以为然，她说："你觉得，霸道总裁会爱上这种没心没肺的、自以为是的傻白甜？"

我说："也不是没这个可能吧，不然怎么会有这么多关于霸道总裁和傻白甜的故事。"

她说："故事虽然多，然而也只是故事而已。"

我当然知道，成为故事的东西，最终可能都比生活要美好一些。尤其是这种故事，最终可能都是美好的结局。像《格林童话》中写的那样，王子和公主从此快乐幸福地生活在一起了。

这是完全忽略了王子、公主脾气秉性的浪漫主义写法。在现实生活里，那些真的嫁给霸道总裁的姑娘，躲在美轮美奂的大别墅里暗自哭泣的也不在少数。

记得小时候，我家住在学校大院的教师宿舍里。对门邻居夫妻两人都是老师，他家女儿长得很漂亮，大眼睛，双眼皮，皮肤白白嫩嫩的。我从来不和她玩儿，我爸问我为什么，我不能说我自卑，只能说："我讨厌她啊，怎么和她一起玩儿。"

这位漂亮的姑娘长大之后，也依然很漂亮，引来了众多的追求者。大学还没有毕业，就已经开始筹备结婚的事情。

我妈说："姑娘还是聪明，挑了个有钱有势的嫁了。"

据说她的丈夫生在一个大家庭，叔叔、伯伯、父亲都是商人，是传统的大家庭。她丈夫是长房长孙，在家里受重视的程度可想而知。

我妈见过她丈夫，一直赞不绝口，说："他对人客气，教养很好，礼貌周道，据说对这姑娘很不错。"

学校里的老师相互之间谈论起这件事情时，都觉得爱情的力量真伟大。因为这个姑娘是出了名的娇生惯养。自小长得好看，受父母、祖父母百般疼爱。

我妈说："又要嫁过去做少奶奶，真是好福气。"

可是，不到三个月，这位少奶奶就接到了丈夫的分手通知。她哭着跑回娘家，哭了好几天。院子的老师都知道了这件事情，她妈愁眉苦脸地叹息，责怪自己说："是我们小时候把她宠坏了。"

原来，她虽然嫁给了自己的如意郎君，却一点也不愿意改自己的脾气。丈夫做生意，将一笔很大的单子丢给自己的堂弟，看见堂弟赚钱，这位姑娘不愿意了。

她说：“你拿到的单子，为什么钱要给他赚？”

丈夫说：“我们都是一家人，钱谁来赚不是赚。”

“一家人？你和他是一家，我可不是。那么多钱呢，白白给他赚，他也不会感激你。”

丈夫说：“我是家中大哥，需要照顾这个家族里的兄弟姐妹。”

她自然不服气，与丈夫越吵越凶。最后，竟然拉了行李，去酒店住了一个星期。直到丈夫去酒店接她，才与他回家。

然而，他们的关系并没有因此缓和下来。她见丈夫依然为了家族中的人和事忙来忙去，却越来越不关心自己，当然受不了。

大家族里的堂弟、堂妹，见了她的面，毕恭毕敬地叫她一声：“大嫂。”

她翻一翻白眼，爱搭不理。有一次，竟然当着一位堂弟的面，训斥丈夫说：“以后不准你再帮助他们做任何一件事情。”

他们的关系为此越来越恶化，丈夫终于提出分手。她立刻号啕大哭，说：“你说你爱我，要和我在一起一辈子的。”

丈夫说：“是你不适合在我们家里生活，你坐不了大嫂这个位置。”

后来，姑娘和丈夫离了婚。她偶尔说起自己这段婚姻，总是会总结式地说一句：“他终究还是不爱我了。”

我问杨小猫：“他真的不爱她了吗？”

杨小猫当然清醒，她一针见血：“生活是只有爱就可以的吗？被这种强大的男人爱上，自然要忍受他的脾气和他脾气带来的一切。比如，他要说了算，他在做决定的时候，根本不会和你商量。他在家族中的地位毋庸置疑，他只需要她温顺乖巧地站在他身边。她却偏偏不答应，她想要争取自己的立场，还想要对他的决定指手画脚。”

爱上霸道总裁的姑娘，真的需要有一颗强大的内心，并且要懂得付出和仰视。因为你爱上的人，脑袋上就写着“霸道”两个字。你需要迁就他、顺从他，在每个人的面前，你都要表现出仰视他的立场。因为，他已经被别人仰视惯了。他不会习惯从你的立场出发看问题，至于你的立场，请小心翼翼地藏起来。

如果你觉得没关系，那么霸道总裁也不是那么可怕。希望你遇到之后，可以好好爱他。因为他看起来真不是那么好爱的对象呢！

这辈子
我要活得
酣畅淋漓

美丽的事物，要花很多心思守护

老花说：“我最近想要给一个小子做个开颅手术，看看他脑袋里是不是真的进水了。”

老花一向与人为善，用这样的语气说一个人，证明他真的生气了。我知道他说的这个人是他的小师弟，目前和他在同一家公司，还是他的下属。

我问：“这小子消极怠工，还是做了什么缺心眼儿的事情？”

“他要是单纯的消极怠工，也没什么大不了的，”老花说，“关键是他现在真是缺心眼儿缺得厉害。”

老花的这位小师弟，比他小两届，刚进入公司一年时间。按照老花的计算来看，小师弟的现任女友，是他在大学的时候追到的。

“那女友的确漂亮。”老花感慨地说，“好像年轻时候的朱茵，大大亮亮的眼睛，唇红齿白。他珍视女友，我也不是不能理解。”

“你既然理解，为何还要骂他。他做的一切，不都为了女友嘛。”

我知道这位小师弟除了公司的工作之外，还在外面做兼职。因为外面的工作量大，任务又紧，他常常为此耽误了公司的工作。老花发现之后，已经警告了他几次。但是，这一次，老花决定不再原谅。

“他以为我是他师哥，就不忍心开除他吗？”老花气极，血气上涌，脸色通红，“简直是猪脑子！”

他还是忍不住骂了一句。我明白他的怒意，不止是为了这位小师弟耽误工作的事情。

“老花，其实你是心疼他，对不对？”

“我心疼他有个屁用，他也不心疼自己啊。”

小师弟一个月之前，因为胃出血被送过医院。因为兼职累得三天没有好好吃一顿饭，家里乱得像狗窝一样，也没有人收拾。

老花后来才知道，小师弟的这位女友是出了名的大小姐。只负责美丽如花，从来是十指不沾阳春水。在老花看来，女友这样不爱惜小师弟，根本问题就是不爱他。

小师弟为何要出去累死累活赚钱？因为女友想要一套房子，她说没有房子，永远不可能和他结婚。在这样的城市买一套房子，并不是一件容易的事情。

小师弟曾经找老花诉苦，说：“我父母都是工薪阶层，即使向他们求助，他们也不可能拿出多少。凑够首付，也不是一件容易的事情。”

老花说：“你这个年纪，就想买房子，实在有点太急迫了。”

小师弟说：“我想要和她结婚，她和我说女人经不起老。我本来想让她等我几年的，但是她说，没有房子，她没办法结婚，不如早点分手算了。”

那样漂亮的女朋友，没有几个男人能够轻易放弃。小师弟的家庭并不能给他足够的支持，让他轻松地维护这么一个女朋友。他能够做的，只有十倍百倍的努力。

提到这些事情的时候，老花常常觉得难以理解，他说："人有多大胃口，吃多少东西。我实在觉得他有些贪心。"

我说："爱美之心人皆有之。年轻人讲究抓住机会，再说他已经抓住了机会的尾巴，怎么肯白白放走。"

"我觉得他为了这个机会已经弄得自己遍体鳞伤了，再这样下去，不死也半残。"

对于小师弟来说，他面临的其实不仅仅是房子的问题，更多的是需要维持女友的高生活水准。她与他吃饭，从来不去人均一百以下的饭馆。她穿的衣服，一般都要在商场购买，只穿当季流行款式。对于很多女孩喜欢的淘宝，据说这个女孩不屑一顾。对于化妆品和香水这类的东西，更是要求价格高质量好的。

我同老花说："如果买一栋风景好、视野好的别墅来住，物业费一定也是贵得吓人。"

老花叹了一口气，说："所以我一直在劝他早点放弃。因为他目前的状况，根本支付不起这个女孩的开支。他拿了五张信用卡，已经欠了一屁股债。"

可是我想，即使欠了一屁股债，这位小师弟也是甘之如饴。他愿意为漂亮的女朋友埋单，即使是累得吐血住院，他也是隔天就拔掉点滴继续工作。

然而，漂亮的女朋友也并没有决定留下来。她同他说："我看上了一处房子，我们一起去看看吧。"

小师弟和女朋友一起去了环境优美的新建小区。他本来以为她带着他去看的是电梯房，结果却是连栋别墅。足足两百多平米，视野开阔，不远处是高尔夫球场。

小师弟瞬间僵化，女友看着他问："这样的房子，你几时买得起？"

他没办法回答，目前的生活他已经拼尽全力，然而依然捉襟见肘。女友说："有人已经为我订下了这栋房子。"

小师弟进了医院，挂了一个星期的吊瓶。整整三天，他都在呼呼大睡。医生告诉老花，这个时候，还是让他睡个够比较好。

出院之后，老花请他到家里吃饭。他默默地同老花喝掉了一瓶红酒，大哭了一场。

他说："师兄，我还有很多信用卡债要还。"

老花说："没关系，你还年轻，努力一点，很快就可以还完。何况，那个欠债的根源，已经被清除掉了。"

他说："师兄，我以后再也遇不到那么漂亮的姑娘了吧？"

老花说："你知道，如果你买一辆进口的英菲尼迪，维护费用得多少。你现在真的开不起，别不服气，注定要嫁富二代的女人，不会轻易嫁给你的。"

小师弟依然在很长的一段时间内没有办法释怀。那好像是经历了一场绮丽梦境的人，久久没办法回到现实中。然而，时间总是最好的治愈良药。

总有一天，他会明白，适合的才是最好的。一件设计多么精美的衣服，如果终究不适合你穿，那么它就不是为了你而设计的。

这辈子
我要活得
酣畅淋漓

你跳你的恰恰，我唱我的啦啦啦

对于结婚这件事情，甘小露告诉我她从来不执着。身边的朋友几乎都已经结婚，整天在朋友圈里晒小孩晒幸福。

我问她："小露，你不觉得落寞吗？"

她说："干吗要落寞，让她们幸福去呗。"

她并不会故作潇洒，只是在她看来，那真没什么大不了的。我知道她曾经有过一个男朋友，俩人很恩爱，在一起五年，最后分了手。

我问过她，五年的感情就这样白白放弃，是不是觉得很可惜。她摇摇头，说："我们真的不适合结婚生活在一起。"

她是个控制狂，什么事情都要帮对方准备得妥妥当当的。而她的男朋友，恰好又是一个特别大男子主义的人。我当时看着他们在一起时，和杨小猫私下议论过。

杨小猫说："甘小露就是喜欢那款的，你不知道吗？"

我当然知道，甘小露从小就是个特别有准主意的人。按照她妈的说法："我们家小露，不知道的，还以为我是她女儿，她是我妈。"

甘小露母亲的脾气一向很好，父亲因为一直待在部队，为人比较严厉，但是对女儿十分疼爱。不过，也懂得给她自由。凡事会尊重她自己的意思，只是从旁做些指导。

在这样的家庭环境中长大，甘小露的做派就变得很大女人。和我们一起吃饭，从来她都是抢着结账。

杨小猫说："甘小露，你这样会嫁不出的。"

她嘻嘻一笑，说："嫁不出去，就跟你们过一辈子呗。"

她认识那个大男子主义的男朋友时，丝毫没有改变自己的行事风格。俩人约会，男朋友请吃饭，她一定会请喝咖啡。换到下一次，一定是她请。

男朋友说："我请女友吃饭，还让女友付账，说出去我还要脸吗？"

甘小露说："这都什么年代了，你还计较这个。你不知道啊，有些男人跟在女人后面，巴不得女人付账呢。"

男朋友立刻绷起脸说："我不是那些男人，别拿我和他们比。"

虽然生气，但是男朋友还是喜欢甘小露。她从来独立，又会给他很多自由。她从来不会黏着他，即使是热恋的时候，她也懂得给他留空间。

我曾经听到她男朋友感慨："像甘小露这样的女人，不需要男人，自己也可以过得很好。"

甘小露说："谁说的，我还是挺需要你的。"

她换工作的时候，打电话告诉他。他说："换什么工作啊？你现在这份工作很稳定，你也这个年纪了，不需要再去冒险。”

甘小露听到这样的意见，心里有些难过。她和我说：“桐桐，我以为他爱我，就会支持我的。”

我说：“也许在他看来，你只要躲在他身后，赚多赚少，他都可以养你。”

甘小露当然不会就这样听话，乖乖地躲在谁的身后。她的新工作是在一个著名的跨国公司任职，所以一个月可能有五次需要在国内国外穿梭。

男朋友说：“小露，你为何不愿意做那份稳定的工作，和我一起安安稳稳地生活？”

他渴望和她结婚，希望她可以拿一份稳定的薪水，和他生儿育女，做他背后的女人。但是她呢，很热爱这份新工作。

她说：“桐桐，你知道吗，新环境、新挑战，让我又充满了力量。我不喜欢一潭死水一样的生活。”

所以，嫁人，生子，做一个男人背后的女人，是甘小露永远不稀罕的事情。最终，他还是提出和她分手。

他说：“我不喜欢我的妻子抛头露面，做个女强人。我们两个人都忙，我回家还是见不到你，冷锅冷灶的，我干吗要结婚呢？我只是想有个家，有让我一进门就可以看到的妻子和孩子。”

他们最终还是分道扬镳，甘小露为此喝了个酩酊大醉。

我说：“你这是何苦。”

杨小猫说：“现实总是这样残酷，你爱的那个人，就是不够爱你。”

也许说爱或者不爱，有些太过于偏颇。我想起美剧《摩登家庭》里的全职主妇克莱尔，她有一个幸福的家庭，一个善良、也算有进取心的丈夫，三个可爱的孩子。有一天，一个很久没有联系的朋友约她出去吃饭。这位朋友是单身人士，至今还在不断地换男朋友。

克莱尔以为她可以在朋友面前炫耀自己幸福的家庭，结果却发现这位朋友在职场上取得的成就，让她自惭形秽。一时之间，她异常失落。

想起如果不选择结婚，不选择做全职主妇，她的生活也可以一样精彩。她异常沮丧地回到家里，三个孩子围过来，丈夫哈哈开着玩笑，克莱尔心里的阴霾顿时一扫而光。她觉得一切都是值得的。

而她的那位朋友呢，看着克莱尔的生活，一点儿也不羡慕。她接到一个电话，身处公司高层的她，明天还需要去海外开重要会议。

原来，她们都有各自的失落，也有各自的幸福。谁都不能说，自己的幸福可以成为别人的幸福。

所以，甘小露哭过、醉过之后，继续投身火热的工作中。披荆斩棘，一路狂奔。她的幸福在这里，她热爱她的工作，也热爱这样的生活。

所以她说：“让她们幸福去吧。”

因为她十分清楚，自己要的幸福是什么样子的。

这辈子
我要活得
酣畅淋漓

关于王子和公主的幸福

当电视直播威廉王子和凯特王妃大婚时，坐在我身边的小侄女两眼亮晶晶的，她问：“姑姑，是不是王子和公主从此就幸福地生活在一起了？”

“当然，”我说，“他们会幸福地生活在一起的。”

小侄女一直眼睛不眨地看着那场隆重的婚礼直播，我想，她一定渴望变成那个穿着美丽婚纱的公主吧。所有期待幸福的女孩，又有几个不会期待呢？

我记得很多年前，看到那个著名的王妃谈自己的婚后生活。她说其实她并不快乐，因为婚后的他们几乎也没有什么幸福可言。她的丈夫，那位著名的王子，爱他的位置和政事胜过爱她。

他们各自忙着处理各种事情，即使见面话也不多，更是缺乏精神层面的交流。

她感到很寂寞，便结交时尚界的朋友。喝酒、跳舞，反而更加寂寞。后来没过多久，便撒手人寰。

说好的幸福生活在一起的誓言，终究没有兑现。于是有人感慨，自己再也不相信爱情了。

其实，这又关爱情什么事呢？它只是好好地站在那里，你愿意相信它，就去相信；不愿意相信，它也只是一声不响而已。

相信它的人，它会来到你身边。然而，它也会带上自己最亲密的兄弟——伤害。爱得越深越寂寞，爱得越深，伤害越深。

所以那些风光的明星，都警告身边最亲近的家人，千方百计地阻止他们进入娱乐圈。因为他们都知道，风光越盛，需要承担的伤害便越多。

道理不过就是，欲带王冠，先承其重。然而，依然有人愿意飞蛾扑火。

谢朵朵说：“我们公司有个同事，誓死要嫁高富帅。为此还去整了形，加入了一年需付 10 万元服务费的婚介所。”

我说：“这也没什么，不过是想要追求自己想要的幸福而已。”

谢朵朵的这位同事，最终也算是成功了。她真的嫁给了一个富二代，婚礼是在一艘游轮上举行的。整套切割讲究的粉色钻石首饰戴在身上，在阳光下闪闪发光。名家设计的婚纱，迎着海风飘扬。

谢朵朵说：“那一刻，她真的成为公主了。”

哪个女孩会不羡慕呢？那么绮丽的梦，又有几个人可以做？可是，梦终究还是会醒，一睁开眼睛，残酷的生活便摆在眼前。

这位女同事，在结婚一个月之后，便发现富二代丈夫还有一个私生子和一个一直被他养起来的情人。他和她结婚，只因为她毕业于名牌学校，身家清白。而他的情人，虽然他很爱她，却因为没办法征得父亲同意，所以进不了家门。

她约谢朵朵出来吃饭，开始还是一脸阳光。喝完一瓶酒，忽然止不住眼泪流下来。

谢朵朵问："怎么了？"

她说："我已经有一个月没有见到他了。"

谢朵朵想了想，距离那场梦幻般的婚礼还不到两个月。在一次小姐妹聚会上，谢朵朵提起了她的这个同事。

"有些女孩是喜欢坐在宝马车后面哭泣的。"我说。

谢朵朵说："对，穿戴的确是精致，手上戴的是弗兰克·穆勒的那款经典腕表，手上拿的是爱马仕最新款的包。"

她不过是用一样东西换另外一样，本来不应该有什么委屈的。何况，她换到的还是大多数女孩羡慕不已的东西。

谢朵朵说："既然得到了当初想要的一切，为何还是要哭泣呢？"

我说："因为终究是换不来爱的缘故吧？"

富二代的丈夫同她结婚，并不是因为爱她。这是她一辈子都需要承受的东西。

他给了她极致美丽的梦境，将她变成公主，为她戴上那顶美丽的王冠。一旦戴上，她便不可以摘下来。无论多么累，她都必须顶着那个人人羡慕的光环，一直梗着脖子，不能低头。

谢朵朵说："她也没有过多的抱怨，只是一个劲儿地哭。"

我想，她当然需要哭一哭。不然，还有什么发泄的方式呢？明明知道，丈夫不爱自己是无可改变的事实，却还要在丈夫家人面前检点自己，不然可能会被那个威严的公公赶出家门。心中抑郁难抒，只能选择放声哭一场。

作为情感专家的杨小猫，每天钻研痴情男女的爱恨纠葛问题，对此类事情已经见得太多，因此不以为意。

她说："都是自己的选择罢了。以为幸福是自己想的那般模样，走进去一看，幸福身边还站着无数个厄运和苦难。"

我同意杨小猫的说法，我们只说爱情生活中的甘甜，也只是让不相干的人看到甘甜。因为苦难都要自己承受，谁都厌烦你诉说与听众毫不相干的痛苦。

所以张爱玲在自己的文学作品《传奇》再版时，写序道："蛮荒世界里得势的女人，其实并不是一般人幻想中的野玫瑰。躁烈的大黑眼睛，比男人还刚强。手里一根马鞭子，动不动抽一下。那不过是城里人需要新刺激，编造出来的。"

那些王子和公主幸福地生活在一起的故事，也不过是格林兄弟编造出来的。因为，他们也只是写到了"在一起"便匆匆结束了。因为，他们也是生活在现实世界里。

"在一起"之后的爱情，又有几个能抵抗住现实？

人类进化这些年，想要变成公主的女孩一直还在不断增加。也有一些真的变身为公主了，只是在那之后，她们会抱怨童话欺骗了自己。

可是，她们并没有在变身之前想到过，戴上那顶象征幸福的王冠之后，她们便永远不能低头。因为，在现实世界中，并没有一个好心的魔法师会提醒她们："你确定，即使这顶王冠会给你带来意想不到的痛苦，你也依然要戴上它吗？"

王冠摆在那里，发出耀眼光芒，也许即使有人提醒，还是会有人义无反顾地戴上。他们不会去想戴上之后的变化，也不管合不合适，

这辈子
我要活得
酣畅淋漓

先戴上再说。

因为看着别人的故事而想象出的幸福和美好，总是那么令人心驰神往。

第七章

勇敢走吧，别期待了

这辈子
我要活得
酣畅淋漓

偶像为什么就不能改变

我一直佩服那些一成不变的粉丝，无论多大年纪，他们敬佩和爱戴的人只有那么一个。他们自 16 岁时喜欢上一个人，到 50 岁时，看到那个人依然会激动，依然不能自已地泪流满面。

这样的粉丝，偶像当然由衷愿意看见。可是，偶像就真的是一成不变的吗？我记得有个明星说过，20 世纪 90 年代时，有些疯狂的粉丝看不得明星结婚生子，他们听到喜欢的偶像拍拖的绯闻，就跑去卧轨。

我曾经有位朋友，也喜欢一个偶像。她不允许别人说一句偶像的坏话。我问她：“你希望你的偶像一辈子不结婚吗？”

她说：“当然啊，当然不结婚更好。”

我说：“你愿意自己一辈子不结婚吗？”

她说：“当然不愿意啊。”

可是，又怎么能要求偶像如此呢？我的这位朋友表示，因为偶像是明星，而自己只是一个普通人而已。

披头士乐队的主唱约翰·列侬先生，据说是被自己的粉丝杀死的。那个粉丝杀死他之后，拿着枪对着约翰·列侬的尸体说：“呸，你变了。”

据我所知，约翰·列侬先生是那种一直不断寻找自我的明星。他尝试各种方式，学习各种各样的理念，包括宗教、哲学、科学等。一个人在不断地学习中，总会改变很多。这些东西就好像化学元素合在一起，总是能发生反应。

所以，在那位疯狂的粉丝眼中，约翰·列侬一定是变了。他没法儿不变，因为他的音乐需要不断突破。

而那位粉丝，我想他恰恰不喜欢这种变革性的尝试。比如，也许他喜欢听披头士最著名的几首歌，他就是喜欢那样唱歌的列侬，他就是喜欢那样的音乐元素。但是他发现这种特质被喜欢的偶像放弃了。于是，他变得不耐烦，进而做出了过激的行为。

一个普通人喜欢一个明星，只是喜欢明星身上他觉得好的那个部分。如果那个部分一直保持，那么这个明星便一直可以成为这个普通人的偶像。

所以，他们喜欢自己的偶像站在舞台上，只唱那几首让他们熟悉到可以将歌词倒背如流的歌曲。

他们说：“我就是喜欢他这样，一成不变，始终如一。”

可是，生活本来就是在不断变化啊。

我想起自己的一个朋友，也经历了这种遭遇。我记得我们一起上学时，大家都在叛逆期忙着对抗父母和老师，她却始终笑眯眯地安之若素。

在我们看来，她是我们这群人中最不应该如此的。因为她家里有钱有势，又只有她这么一个孩子，她可以任意胡作非为。但是，她从来不这样。大概是她父母执行不娇惯的教育理念的缘故。

放学回到家里，如果父母都在忙工作没有回去，她会乖乖地做好饭菜。所有的衣服，都是她自己洗。她妈常说："你都这么大了，自己的事情要自己做。"

她就这么自己做了。我们当然不屑一顾，说："谁自己做啊，当然是扔在那里给妈妈做。"

她说："我妈太忙了。"

那个时候，我是把她当作我的偶像的。我想，在大家都忙着展示自己叛逆功夫的时候，她怎么就可以安安静静地做自己？定力真是让我佩服。

后来，还有一个人加入了崇拜者的行列。这个人偷了她昂贵的自行车。她在学校的警卫室里看到了模模糊糊的录像，知道了这个人是谁。

警卫问她："要不要报警处理？"

她说："不用了。他是我的朋友，我忘了那天把自行车借给他的事情了。"

她找到他，跟他说："如果你缺钱，我可以借给你。但是，你以后不能再偷别人的自行车了。"

后来，她还介绍他到她妈妈的公司做兼职。

他一直感激她，成了她的粉丝，加入了我的行列。这种情况一直持续到她结婚之后，在一次聚会上，他目睹她拿着电话和丈夫吵架。

我一直都知道，她婚姻并不幸福。丈夫不务正业，一直喜欢豪赌。在股票和期货市场进进出出，玩得数目很大。赔进去的钱，更是不计其数。

开始，她是劝他，央求父亲给他找了一份稳定的工作。但是，他从来不好好上班。一个月之中，有三分之一时间是请假，三分之一时间是迟到。最终，被单位开除。为了偿还债务，他卖掉了家里的房子、车子，却依然不收手。

丈夫和她说："人生本来就是赌博。"

她终于忍无可忍，申请和他离婚。他们为此吵架，无数次争吵、妥协、妥协、争吵，她的耐心全部耗尽，脾气渐渐变得暴躁。

聚会结束，我们俩人将她送回她妈妈家里。我知道她一直在办离婚手续，暂时住在她母亲那边。转回头，他和我说："她变了，变得像个泼妇一样，变得让我不认识她了。"

她当然会变，经历了那样的生活之后，谁不会有一些改变呢。可是，他从此不再联络她。我们三个人，就这样分崩离析。

她有一些难过。我说："有什么关系，人总是要长大的，也总是要改变的。"

明星要长大，粉丝也要长大，这个世界本来就不是一成不变的。我们也并没有朝着堕落的方向走，我们依然积极生活。

而所有的改变，也只是为了找到那个更好的自己。那些希望你一成不变的人，失去他们的喜爱也并不可惜。因为还有更多更好的人会喜欢你，会在你人生的下一站等着与你同行。

所以，离去的总要离去，该来的也总是会来。生活一向如此，从未向热爱它的人低头，也不会向憎恶它的人妥协。

这辈子
我要活得
酣畅淋漓

心已不在，要人何用

杜小花曾经是个挺痴情的女孩，来自大西北地区。按照他们老家的恋爱习俗，爱一个男人，就是一辈子的事情。

所以，在她爱上那个叫山子的男孩之后，就打定了主意，一定要和他结婚生子。她对山子的好，让身边的每个女性朋友都心里发毛，让身边的每个男性朋友都艳羡不已。

山子赚的钱不多，杜小花说："我的男朋友不要赚钱很多，对我好就够了。"

杜小花长得很漂亮，周六日休息的时候，常常会接各种会展的礼仪活动。除了工资之外，还有很多额外的收入。

很多人羡慕山子说："你真牛，怎么这么一个好女孩，就让你碰到了。"

山子说："我可没有逼她啊，全是她自己愿意的。"

杜小花的确是很愿意，她说她们西北女人都这样，爱上一个男人，一定会抛头颅洒热血。杜小花的朋友说："你这样惯着男朋友，对他不好，对你自己也不好。"

杜小花说："这不叫惯着，爱本来就应该是这样的。"

杜小花的爱就是不计较付出，只要温暖和陪伴就好。山子喜欢杜小花那会儿，她也的确挺温柔，挺善解人意的。

下雨天，杜小花出去做会展，山子去车站接她。下雨路滑，杜小花穿着高跟鞋，不方便走路。山子说："你脱掉鞋子，我背你。"

杜小花说："不用了，就这么几步路。"

山子执意要背，他蹲下去，强行把杜小花的鞋子脱掉，将她背在自己背上。很久之后，杜小花在回忆这段过往时，心里还是有点依依不舍。

有一次，一位朋友提醒杜小花说："别看山子赚钱不多，可他并没有你想的那么规矩。你自己心里要有数。"

杜小花基本是不相信这种提醒的。她说："山子对我那么好，怎么会有问题。"

问题出在一天早晨，山子去了洗手间，他的QQ没有关掉。杜小花的活动临时取消，她折返回家，打算和山子一起出去吃饭。

她用钥匙打开门，像平常一样进入客厅，山子的电脑就摆在餐桌上，对话框就那么摆着，上面有几个问句："亲爱的，你去干吗啦？""亲爱的，你怎么不回答我？""亲爱的，你不爱我了吗？还是你女朋友回来了？"

杜小花看着对话框，发问的人头像是个漂亮的女孩。杜小花点开头像，看了看资料描述。她已经准确地知道，这个女孩是山子的同事。

山子公司聚餐的时候，她跟着他去，见过这个女孩。

山子从洗手间出来，就发现杜小花站在电脑屏幕前。

他问：“你怎么回来了？”

杜小花转过头看着他，她发现他有些不知所措，眼神不断躲避她。她记得她爸做了对不起她妈的事情时，也是这副神态。

杜小花说：“会展活动临时取消了。”

说完，她转身坐到沙发上，脱掉自己的鞋子。山子冲过去，把电脑一下子合上。杜小花看着他，忽然觉得前一刻还熟悉温暖的爱人，这一刻忽然变得冰冷和陌生。

山子说：“咱们午饭吃什么，我去买菜。”

杜小花说：“那个叫你亲爱的人是谁啊？”

山子说：“一个同事，开玩笑的。我们经常在一起开玩笑。”

杜小花说：“现在男女同事开玩笑，都流行叫亲爱的？”

山子说：“你还不知道我们公司吗，那些女销售，一个个的活泼得要死，见谁都是亲爱的。”

杜小花心中五味翻滚，她说：“我有点累，去躺一会。”

她本打算原谅他一次，却没有想到炸弹一旦引爆，就会炸平一大片。几天以后，她又在山子的手机上发现了他和另外一个女孩的聊天记录。

杜小花把手机举到山子眼前，他顿时恼羞成怒：“你怎么随便看我手机！”

杜小花说：“我一点儿也不想看，你那么多恶心的秘密，我一点儿也没兴趣。你从我身边消失吧。”

山子摔门出去，两个小时之后，又回来了。

他说："小花，我以后再也不跟她们聊天了。我们和好吧。"

那一刻，杜小花不知道该怎么办。她以为这个男人会一辈子对自己好，她也会喜欢他一辈子。可是现在，他一碰她的手，她就觉得恶心。

公司的大姐劝她："小花，我是过来人了。我得告诉你，男人都是这样的，吃着碗里瞧着锅里。你呀，喜欢他，就得原谅这种事情。"

杜小花本来准备"消化吸收"这件事情，山子却回了老家。

他说："我父亲住院了，我得回去一趟。"

这一走就是两个月，山子音讯全无。杜小花打手机，发现他已经换号了。不久之后，她接到一个陌生女人打来的电话，对方问："你是山子的前女友？"

杜小花说："我们还没有分手呢。"

陌生女人说："我就是打电话来告诉你，我们已经订婚了，准备年底结婚。"

杜小花气炸了，她大声呵斥电话中的人："你让他自己跟我说分手。"

然而，电话那头早已断了线。又过几个星期，杜小花发现山子的QQ空间里晒出了婚纱照。只是，他已经禁止别人评论了。

杜小花就这样被分手了，公司里的大姐知道了这件事情，比杜小花还要愤怒。她对山子破口大骂，杜小花看着她暴怒的样子，忽然明白一件事情，她庆幸山子就这样走掉了。如果她真的"消化吸收"了山子出轨的事情，表面上原谅，却将恨意封锁在心里，保不齐哪天就和这位公司大姐一样。听到这种事情，就会像火药桶一样炸掉。

杜小花明白了，原来一个人并不会爱另外一个人一辈子。她又开始了一个人的生活，工作、接会展活动，有时也去相亲。

这样忙忙碌碌地过了几个月，有一天，她忽然接到山子的电话。

他说：“小花，我对不起你。”

杜小花说：“都过去了。”

山子说：“其实，我是不愿意和她结婚的，都是我父母逼我……”

他还没有说完，她就挂断了电话。不管他出于什么目的，她都不想再和他有任何瓜葛。杜小花穿戴整齐，匆匆出门，她去完会展，还有一个相亲约会。

过去的人，就让他过去。杜小花已经收拾好心情，告别过去的人和过去的事，她已经准备重新启程了……

朋友圈“死亡”事件

我屏蔽小舟一个月之后，她发微信问我：“桐桐姐，我怎么看不到你的消息了？”

我说：“我已经很久没有玩微信朋友圈了。”

小舟没有再发问，我想她也许明白，我屏蔽她是因为她不断在朋友圈里卖面膜。我并不是讨厌卖面膜的人，我只是讨厌在朋友圈里卖面膜。

我问杨小猫：“你遇到这种事情，会不会屏蔽这个朋友？”

杨小猫说：“你也知道我的朋友圈狭窄，来来回回就那么几个人。我读者多就好了，从来不希望朋友多。”

我知道这是她的原则，有时候，有熟悉的读者希望加入她的朋友圈，她也会客气地说一句：“我朋友圈里只有家人和几个老同学，不好意思，我不能加你。”

这辈子
我要活得
酣畅淋漓

我一直佩服杨小猫这种拒绝精神，不喜欢加就不喜欢加，提前说明白。不像我，自从有了朋友圈之后，我就痛苦无比。

我说："朋友圈到底是哪个脑子进水的人发明的？"

杨小猫看看我，不屑地撇了撇嘴说："不喜欢加就别加。还赖人家发明者干吗啊。"

我说："谁能像你这么潇洒啊，你读者多，不在乎。我们普通人，不就是愿意朋友多点嘛。"

杨小猫一番白眼，不客气地说："那就别抱怨。"

我气不打一处来，老花劝我："杨小猫是你的良师益友，学着点儿吧。"

可是，我始终做不到正面拒绝。一个同事想要加我微信，我默默地加了，然后发现有人在朋友圈卖东西，或者发一些无聊的信息，我就又默默屏蔽。

老花也说："你就不接受就好了，干吗接受了又屏蔽啊，伪君子。"

我说："提示音好烦的，他们总是不断发些没用的东西。"

我明白，我就是为自己的懦弱找借口。我虽然和他们并不是朋友，但还是将他们纳入了我的"朋友圈"里。

我真是害怕得罪人，同时也会想，说不定相处时间长了，自然而然就成为好朋友了。

对于我的想法，杨小猫一直抱着看笑话的态度，她说："胆小的人，真的没法救了。"

我说："我只是觉得没有必要得罪他们。"

杨小猫说："你屏蔽人家，就是不得罪了？你以为人家都不知道你屏蔽，是吗？"

我默不作声，因为我知道她说的对。很多人在我屏蔽他们之后，就再也没有和我说过一句话。

可是，我依然说："一开始我加他们到朋友圈，也不知道他们会卖东西啊。"

我依然是借口满满，身边几个要好的熟悉的人，全部知道我的"嗜好"，所以，他们听到我抱怨时，常常都无动于衷。

我感到孤独，就去找杨小猫说："你们怎么能这样对我，我抱怨几句，你们就觉得我烦了吗？"

杨小猫说："大家都知道你不会改，谁还愿意理你这种抱怨。"

后来，我终于看到很多微信名人开始清洗自己的朋友圈了。我总算是找到了久违的借口，也开始清洗。

那些三个月没有联系的，通通被我拉出了朋友圈。那些一年以上没有联系的，我完全删除了他们的联系方式。还有那些在朋友圈卖东西的，转发那种"不转将在多少天内有厄运"此类信息的人，我一律屏蔽。

几个月之后，杨小猫问我："你的生活有什么改变吗？"

我说："没有！我还是和你们在一起，地球还是一样转动，太阳还是照常升起。"

杨小猫笑着点点头，她终于没有再讽刺我。自此以后，我也明白了一件事情，日久生情这件事情，并不适用于朋友圈。因为这里，始终隔着冷冷的屏幕，并不是切切实实的心与心的交流。

老花说："微信是伟大的发明，但朋友圈真是败笔。"

我也赞同他的话，因为我知道有很多朋友已经因为朋友圈而越走越远了。毕业很多年没有见面，各自经历的事情全不相同。也许原来住在一个寝室，关系不错，相处融洽。但是，一个看到另外一个在朋友圈里公开自己要结婚的信息，心里便立刻产生了反感。

杨小猫说：“这摆明是公开要红包的。”

我那时候并不相信，我说：“也许人家真的只是告诉大家一声呢？”

但是，结果出乎我意料。我一位多年不联系的高中同学，在微信圈晒刚出生的孩子。我没有理会，也没有点赞。

她主动联系我说：“老同学，你最近忙啥呢？我家孩子要满月了，请你喝酒。”

我瞬间石化，杨小猫拿着我的手机，左看右看，哈哈大笑。

我想，有一样经历的人一定有很多。和我一样，看着朋友圈就这样渐渐枯萎死亡而一点不想挽救的人，也一定很多。

并不是不想救，而是不愿意救。我记得一位作家说自己30岁之后，交友的饭桌渐渐抬高。也许，随着年龄的增长，我们终于明白，离开那些“死去”的朋友圈，生活会变得更舒服，更美好一点。

我也曾是他一生只想爱的那个人

邵蓝看着罗远摔门而去，她本来想和他好好谈一谈，但是只说了几句话，她又忍不住和他吵了起来。

罗远说：“邵蓝，你如果再不签字，孩子的抚养费你一分钱也拿不到。”

这种威胁让邵蓝气得发抖。她咬着牙，狠狠说一句：“你这辈子也别想和我离婚。”

“好啊，”罗远冷冷地说，“那我们就走着瞧。”

他摔门离开，邵蓝独自一人呆呆地坐在沙发上。母亲打来电话，问她谈得怎么样。孩子在电话旁边，咿咿呀呀地叫着，邵蓝泪流满面。

她的记忆悠悠荡荡回到三年前。那时候，天真是好。整日整日的蓝天白云，邵蓝考入斯坦福去读研究生。在那里，她遇到在此担任助教的罗远。

彼时，他还有半年就要回国，却因为爱上了她，刻意留了半年。邵蓝并不想与他在一起，她知道他一定会回国，而她打算以后都留在国外。

她说："罗远，我们并不合适。我们的目的地不相同。"

罗远握住她的手，眼神坚定，他说："我一辈子只要你一个，如果不能和你在一起，我不会结婚。"

邵蓝以为自己不会被这样的话打动，但是从帅气、有深情眼睛的罗远嘴巴里说出，邵蓝竟然有一刻迷惑。然而，她还是将自己努力拉回现实中。

罗远说："我不是要你现在嫁给我，我希望你读完研究生之后，就嫁给我。你答应我，答应我！"

邵蓝没有答应，默默走进宿舍。罗远站在那里，很久不愿离去。外国室友洁西卡问："蓝，那个深情凝望的小伙子是谁？"

邵蓝站在窗前，看到罗远正无限伤感地看着她。那个眼神将邵蓝的决心瞬间击碎。她感觉快要窒息，只能大口吸气。

罗远在宿舍一站就是一个星期，每天都来，风雨无阻。洁西卡说："蓝，我要是你，就嫁给他。他用情至深，得不到爱的回应，会伤心至死的。"

邵蓝还在用残存的理智做最后的挣扎。她用尽全力，付出多少汗水和努力，才得到今天的成果。她无论如何也不愿意为了一个男人，就这样改变自己的人生目标。

但是，到底该如何拒绝那个站在窗前的男人呢？邵蓝从图书馆回宿舍，却发现罗远没有站在那里。她的心中隐隐失落。推开宿舍的门，发现洁西卡兴高采烈地看着她。

洁西卡说："蓝，那个小伙子给你一封信。"

原来，他在国内某科技公司的入职申请已经获得批准。他在信中写："我不会放弃，等着我，不许爱上别人。"

很久之后，邵蓝依然留着这封信。那隽秀挺拔的字迹，那醇浓的爱意，那些无法让人忘记的美好日子。

那段时间，罗远总是一有机会就飞过来看她。他不提和她结婚的事情，只是让她安心学习。她的生日、情人节、圣诞节，他一个不落。他记得他们相识的日子，一百天时，他还特意准备了一个小聚会庆祝。

往事历历在目，转眼不过三年，他们的孩子刚出生一年半，他便要和她离婚。

他说："我爱上了另外一个女人，我要和她在一起。"

不躲闪，不隐瞒，看起来是那么的理直气壮。邵蓝看着眼前的丈夫，忽然觉得自己做了一场又美又甜的梦。

她说："你会爱她多久？"

他说："我不知道，我现在只想和她在一起。"

邵蓝怒火中烧，大声喊："你原来不是说要爱我一辈子吗？你怎么能这样对我！"

罗远不说话，隔一会儿才说："你想明白了之后，就在离婚协议书上签字吧。"

他将离婚协议书摆在桌子上，又说："孩子归你，我不会跟你争夺抚养权。"

他竟然连孩子也不屑要，邵蓝冷笑着想，她当然不打算善罢甘休。她找到那个令丈夫抛妻弃子的女人，竟然也呆住了。

原来竟是这样漂亮的女人，怪不得丈夫离家心切。邵蓝问："你爱我丈夫吗？”

那女人点点头，说：“是的，我爱他。他对我用情至深，我想，这个世界上再也找不到一个男人会这样爱我了,用他的全部生命来爱我。”

邵蓝忽然明白一件事情，原来，自己的丈夫一旦爱上一个女人，一定会让这个女人感觉到，他是用自己全部的生命在爱，而且他一辈子只会爱她一个。

邵蓝笑一笑，说：“我也曾是他一生只想爱的那个人。”

她回到家里，心中只觉得平静。签完离婚协议，她开始打扫卫生。把所有的感情都整理好，丢进垃圾箱里。

母亲问她：“小蓝，你打算就这么放过这个男人？”

邵蓝点点头，说：“他已经爱上别人，放他在身边，也是徒增烦恼。”

而且，即使这次他愿意回头，谁会保证他在不久之后，不再会爱上别人呢？邵蓝并没有告诉母亲，他曾经如何热烈地追求她，如今又如何热烈地追求另外一个女人。

邵蓝想，这样的男人，自始至终，其实谁都没有爱过，他最爱的是那个在恋爱中狂热表现的自己。

公主终究也需要长大

在我很小的时候，有一天，妈妈的同事易阿姨来到我们家做客。她白嫩的皮肤，长发披肩，穿白纱裙，脚上踩着一双淡粉色高跟鞋。

我同我妈说："易阿姨像我的洋娃娃一样漂亮。"

我妈立刻抱怨，说："你倒是识货，人家从小在家里娇生惯养，结婚之后，又被丈夫捧在手里当宝贝呵护。十指不沾阳春水，从来不进厨房，当然只会漂亮。"

我妈说完，还看了看我爸。我爸正在看《新闻联播》，全当作没有听见。我妈刷完了碗，叹了一口气。

我说："妈妈，我也想变得像易阿姨一样漂亮。"

《新闻联播》还没有播完，只听到我爸呵斥我："光漂亮有什么用，要好好学习，长大才能自食其力。乘法口诀都背完没有？"

我吓得心脏狂跳，乖乖地去背乘法表。然而，我心里无比怨恨父亲。因为，每当我期待美好的事情时，我爸一定会跳出来，戳破那些美丽的泡泡。

比如，我说："月亮又白又美啊！"

我爸就会说："你看过它的背面吗？也是黑的。"

后来，我认识杨小猫，她倒是称赞我爸的教育方法，她说："你爸爸让你早早全面认识世界。你可以兵来将挡水来土掩，全靠你爸爸。"

"但是，我一点儿也不快乐。"说这话的时候，我当然是难过的。

杨小猫说："那么，那个易阿姨呢，是一直快乐的吗？"

我想起易阿姨，打电话问我妈。

我妈说："易阿姨已经从单位辞职了。唉，人啊，都是命。"

"易阿姨为什么要辞职，她不是一直觉得做老师挺好吗？"我实在有些惊讶。

我妈叹口气说："她 35 岁那年，丈夫去世了。那个时候开始，她整个人都变得精神恍惚。"

我想起易阿姨的笑容，甜甜的，安安静静的。我妈带我买衣服，遇见她和她老公。她挎着她老公的胳膊，俩人看起来非常恩爱。

我妈说："她丈夫真是个难得的伴侣，他们两个人真是般配。"

易阿姨的丈夫在法院工作，脾气温和，待她极好。易阿姨除了洗衣服，家里什么事情也不管。有一次，她丈夫需要出差半个月。

我妈说："小易，这么多天没人做饭，你可怎么办？"

易阿姨说："我老公临走之前，帮我炖好一锅汤。还有六天的蔬菜沙拉，他都帮我配好了放在冰箱的保鲜盒里。吃完这些，我就带着我儿子去我爸妈那边吃饭。吃个几天，他就回来了。"

易阿姨是个煮面都不知道先放面还是先放水的人，这让我妈无比羡慕。我记得我妈那时候常常和我爸感慨。

她说："大概小易这样的人生来就是为了享福的。什么事情都不操心，只负责幸福美满地过日子。"

我爸当时没有说话。他盯着我的作业本，皱了皱眉头，敲了敲桌子问我："这道题怎么还能错，太粗心了。"

语气虽然不重，但是充满了威严。我也在心里叹息，我和我妈一样羡慕易阿姨。像公主一样被宠爱的幸福，又有几个女人不羡慕呢？

我问我妈："易阿姨现在怎么样了？"

我妈叹了一口气说："虽然丈夫已经去世三年多了，她还是常常哭。不过，现在还算好些了。基本的饭食，都还会做了。起初，真是不知道她该怎么过活。她丈夫去世一个星期，家里断水断电，她连水卡和电卡都不知道放在哪边，水电都没法买。父母年纪大了，又受到这样的打击，身体都变得很差，实在也没办法照顾她们母子。那阵子，小易真是艰难。"

我握住听筒，不知道为什么，忽然想起我爸对我的那些不好来。我忽然很感谢那些不好。我想，他一早就知道，每个人的生命里总是会遇到很多突发事件，总要面对很多艰难。作为一个普通人的我，是不能够有公主那般的娇气的。

就像杨小猫说的那样："谁又能保证谁一辈子都能够做公主呢？"

对啊，我爸大概也是这样想的。替易阿姨难过，同时庆幸我爸一早就帮我做好了心理建设。

他说："你不应该对任何人有期盼，你要做好自己必须做好的。"

尽管有些残忍，但是这的确是生活的真理。很多父母自小培养孩子独立，无论在精神上还是在实际生活中，独立都是一件值得骄傲的事情。

当然，公主也并不是不好。公主是幸福、快乐、美好的象征。只是，生活不仅仅有这些，它还有很多的困苦、艰难、背叛和伤痛，即使是公主，有时候也需要面对。

就像《故事中的故事》中的那位公主一样，最终还是需要独自解决问题，打败食人魔。就像易阿姨那样，最终在失去庇护的时候，还是需要更多的勇气和力量去面对生活。

她花了很多年的时间，最终还是站了起来。她再嫁的对象是个医生，每天起早贪黑在医院里忙，家里的事情全部交给易阿姨处理，她变成了全职家庭主妇。请我们一家去她家里吃饭时，她烧了一桌子的菜，脸上也有了笑容。

虽然我们看得出她的伤痛还是没有完全愈合，但是我爸悄悄对我说：“桐桐，你看，你易阿姨已经变成一个大人了。”

是的，公主终究也长大了。

不愿做你人生的逗号

夏晓月算一算自己爱上鹿升的时间，已经一年零一个月了。高一时见到他，是在老师的办公室。她正帮着班主任陈老师整理同班同学的资料，他正好走进来交照片。

唇红齿白，皮肤白皙，戴着眼镜，瘦高的身体藏在宽大的校服下。等他离开，有老师感叹一句：“陈老师，你们班这个学生长得可真精神。”

夏晓月想：帅就说帅，还拐着弯儿说精神。

当时，大家都是高一新生，彼此还不够熟悉。夏晓月因为是班长，所以在集体活动中，略要活泼一些。

班主任陈老师说：“夏晓月，你要起到带头作用，我希望大家向你学习。只是学习好不够，还要心态健康积极向上。”

夏晓月后来想，如果当时她不是班长，也许他不会有所顾忌，也许他会更喜欢她一点。鹿升开始收到表白信，是在开学两个月之后。

信由隔壁班的一个女孩子让人递过来，字迹娟秀，信纸是粉红色的。夏晓月走过鹿升身边，只看到一句话："我能喜欢你吗？"

她想，你都已经在喜欢了，还问什么！她看了看鹿升，只见他一脸的无所谓。夏晓月咬一咬牙，恨自己因为这身份不能表白。

她也问过陈老师："我能不能不做班长？"

陈老师看了她一会问："夏晓月，你是因为想谈恋爱？"

一语中的，夏晓月连忙否认："陈老师，我只是觉得我成绩没有周宇豪好，让他做班长才能服众吧。"

陈老师说："周宇豪是学习委员，他成绩当然得比你好。"

鹿升手里的信越来越多，有一次，竟然收到一个文科班的女生递来的文言文情书。鹿升看了又看，夏晓月忍不住问："你再这么放肆在班里看情书，小心我告诉陈老师啊。"

鹿升看了她一眼，不紧不慢地将情书收起来。他竟然没有扔掉！夏晓月闻到了不一样的味道，心中不免难过。

果然，没过多久就有人告诉她，鹿升和那个文科班的女生正在谈恋爱。他放学之后，会在学校车棚那边等那个女生，然后送她回家。

从此之后，夏晓月一看到文言文就反胃。后来，听说学习委员周宇豪也喜欢那个女孩，夏晓月真是气绝。

她问周宇豪："你们就那么喜欢文言文吗？"

周宇豪大言不惭地说："缺什么就要学什么。这道理你都不懂，还做班长干吗呀。"

就这样争争夺夺到了高二下半学期，周宇豪转了学校，鹿升脸上又恢复了往日的神采奕奕。夏晓月顶着班长头衔，一直到高考结束。

拿到通知书的时候，她竟然发现鹿升和自己一所学校。他的文言文女朋友则去了南方的一所学校。一南一北，相隔遥远。

夏晓月和鹿升在同一所学校进进出出，想忘记都难。大一下半学期，她终于还是决定要跟这段感情做个交代。然而，她并不知道的是，鹿升和文言文女朋友已经因为异地产生了很多隔阂。

夏晓月给鹿升发了一条信息，她说："鹿升，虽然我文言文不好，但是我也一样喜欢你。"

鹿升没有给她回信息，她等了三天。那天，正下着雨，夏晓月心情沮丧地在图书馆门口遇见了撑着伞站在那里的鹿升。

他说："夏晓月，你愿意和我在一起吗？"

后来，回想起那天的情景，夏晓月只觉得脑袋一片空白，唯一记得的是，鹿升左臂被雨打湿，白衬衫贴在他的皮肤上。

鹿升说："我们分手了，她有了新的男朋友。"

夏晓月并不知道，这个新男友其实只是一个匆匆过客。鹿升和她站在雨中，他撑着伞，他打湿的左臂护住的并不是她。她站在他的右边。

一段时间之后，夏晓月在鹿升的QQ上收到了前女友的留言："我们已经分手了。鹿升，和他在一起之后，我知道我喜欢的还是你。"

夏晓月虽然是理科女，没有那么多细腻情思，然而她还是忍不住问鹿升："你真的会和她分手吗？"

鹿升点一点头，说："夏晓月，你等一等我，我会处理好之后再去找你。"

可是，他并没有再找过她。直到大三实习开始的时候，鹿升又一次出现在夏晓月的面前。

他说："夏晓月，我们还能在一起吗？"

夏晓月问："你要留在这个城市吗？"

鹿升点点头，说："是的，我已经决定留在这里。"

夏晓月说："她不愿意来，是吗？"

鹿升没有马上回答，停了一会儿才说："是的，她已经决定回家了。"

夏晓月说："鹿升，你还是等一等吧。我想，我们还是有缘无分。"

她开始了忙忙碌碌的实习生活，也开始找房子，准备搬出学校宿舍。毕业论文答辩的那天，她看见鹿升身边站着一个女孩，分明是那个文言文女朋友。

几年之后，同学聚会上，文言文女朋友已经成为鹿升的妻子。她主动端着酒杯，来到夏晓月身边，她说："晓月，我要谢谢你当年成全我们。"

夏晓月说："哪里，你们一直是最完整的句子。"

她本来可以做一个逗号，从中间隔开这个完整的句子，最终还是放弃了。她想，大江东去浪淘尽，中间放一个逗号，便没有气势不够美。

人生还是多一点美丽的回忆比较好。

谢谢你让我找到我自己

一年多之后，顾常浩才知道，徐岷回了国，但是并没有告诉他。新一拨的手机 APP 发布会人头攒动，顾常浩还是一眼就看到了徐岷。

她和几个年轻人站在一起，将一个 APP 的说明送给经过的人。有人感兴趣，停下来，他们都给人耐心讲述。

顾常浩走过去，喊一声："徐岷！"

只见她抬起头，清秀的面庞又消瘦很多。双眼晶晶亮，笑着看向顾常浩。

"真巧！"徐岷说，"你怎么会来这里？"

"你什么时候回来的？"顾常浩不答反问。

"有大半年了吧，一直都在忙，没有和你联系。"

徐岷笑着，一脸坦然。顾常浩看着她，知道他们之间已经完全不可能了。在国外时，徐頔告诉他不可能，但是他还是忍不住要试一试。后来她就躲着他，不愿意再和他联系。

徐頔说：“顾常浩，我并不是一个适合相夫教子的人。”

顾常浩说：“女人最后总是要走这一步的。”

徐頔说：“你不是我的最后。”

顾常浩承认，那段时间他非常沮丧。因为英俊外貌，因为是富二代，在感情这件事情上，他一直无往不利。他并不知道，他的生命中会出现一个徐頔。

他看着眼前的徐頔，心里想着，不是说念念不忘，必有回响吗？为何他从来没有在徐頔身上看到回响？

“你是在融资？”他问徐頔。

身边人流涌动，顾常浩心里有些郁闷。他想拉着徐頔到一个安静的地方说说话，但是又怕徐頔恼怒。他是真的怕，怕她拒绝自己，再一次消失在他面前。

“第二轮，”徐頔说，“我们团队还想要开发一个新的 APP。”

“你负责这个项目？”

顾常浩看着徐頔，他真是多此一问，答案明明就写在徐頔的脸上。

徐頔笑着点点头，说：“我负责我们团队的资金运作，你也知道，我认识你这样的富二代比较多。”

徐頔也是富二代，顾常浩早就知道，徐頔的父亲是商业圈赫赫有名的人物。

“徐伯伯不知道你在拉投资？”

“不，他希望我继承家族企业。你知道，我不喜欢。不过，常浩，你有没有兴趣看看我们的APP。我保证你不会失望，我们的开发团队十分一流，创意也够优秀。”

徐岫递一份APP说明到他手里。顾常浩接过宣传单，随意地看了一眼。他不能擅自决定，他虽然是家族企业的继承人，但是投资这样的事情，还需要大家举手表决。此时此刻，在徐岫面前，他有点沮丧。

徐岫笑着说：“没关系，你就当了解一下。帮我发发你的朋友圈，我知道他们都是有钱人。”

顾常浩最终没有说服家族里的人给徐岫的APP投资。那阵子，对于公司的事情，他有点心灰意懒。被父亲痛骂了一顿，他也默默承受。

他没有再去见徐岫，只是从一个朋友那里知道，徐岫第二轮融资成功。后来，他还听说徐伯伯的资金链出了问题。幸好徐岫的公司已经发展壮大，及时救了父亲一把。

顾常浩按照父亲的意思，娶了一个父亲一早就为他看好的姑娘。据说，两家如果联姻，企业根基会更加稳固。

企业根基虽然稳固了，顾常浩的心却成了一枚浮萍。他找朋友景萧去喝酒，喝得酩酊大醉。

景萧说：“我和徐岫还有联系，你有什么问题就问我，何必把自己喝成这样。”

朦胧之中，顾常浩听见徐岫的名字，他看见自己与徐岫坐在空旷的草地上，太阳明晃晃地刺眼睛。顾常浩眯起眼睛，发现徐岫正微笑地看着她。她手里举着一株白色的蒲公英。

“顾常浩，你吹一下。”她说。

顾常浩朝着蒲公英吹气，羽毛一样的种子顿时飞起来，有些在近处落下，有些则飘飘摇摇去了很远的地方。

徐皊说："它们都会落地，都会生根、发芽、长大。我们也应该这样。"

顾常浩说："徐皊，对不起。"

自宿醉之中醒来，顾常浩心里还是伤感。新婚妻子站在床边，关切地看着他，问他要不要紧。顾常浩想起徐皊在梦中吹起的蒲公英，那根本不是梦，那是他一直不愿意忘记的过去。

徐皊已经像那些种子一样飘远了，而且已经在别处落地生根，不断开始长大。而他呢？他从来没有想过自己能变成一颗可以发芽的种子吧。

顾常浩向父亲提出了自己的想法："爸爸，我想要从最下面做起。一个没有人知道我是您儿子的地方。"

父亲在湖北有一间工厂，顾常浩最终去了那里。没有人知道他的身份，都当他是最寻常的工作人员。他工作卖力，好或者不好，都会告诉父亲。

几年之后，顾常浩再与徐皊见面时，他已经被父亲调到了北京的公司。在一次酒会上，他看到双眼明亮的徐皊。她一直微笑，陪在她身边的男士看起来礼貌得体。

顾常浩并没有上去打招呼，他想，已经过去了。那个过去的自己，那段追逐的光阴。现在的他们，都已经站在了各自寻找到的道路上。

他看着那个微笑的侧脸，心想：如今我们只需要风雨兼程，徐皊，一路平安！